シャボン玉のわらび餅
満月珈琲店

雲のソフトクリーム
入道雲
JN019767
満月珈琲店

MANGETSU
COFFEE

雲海のクラムチャウダー
満月珈琲店

星屑ブレンド
満月珈琲店

文春文庫

満月珈琲店の星詠み
～メタモルフォーゼの調べ～

望月麻衣

画・桜田千尋

文藝春秋

目次

満月珈琲店の星詠み

～メタモルフォーゼの調べ～

——『満月珈琲店』には、決まった場所はございません。

時に馴染みの商店街の中、終着点の駅、静かな河原と場所を変えて、気まぐれに現われます。

そして、当店は、お客様にご注文をうかがうことはございません。

私どもが、あなた様のためにとっておきのスイーツやフード、ドリンクを提供いたします。

今宵も、大きな三毛猫のマスターは優しく微笑んでいる。

つどう仲間とシャボン玉のわらび餅

この街の中心部には、広大な公園が横たわっている。

四季折々の花が咲き誇り、芝生が綺麗に整えられている美しい公園だ。その大きさは、西一丁目から西十二丁目に亘り、端から端を見通すことはできない。

犬の散歩をしたり、ジョギングをしたり、はたまたトランペットを吹いたりと、ここを訪れる者たちは皆、公園を満喫している。

とはいえ今はまだ、雪が残っている少し寂しい景色だ。

公園の端に積み上げられた雪の塊を、足で崩して遊んでいる子どもたちの姿を見ていると、自然と頬が緩む。

「ここって、セントラルパークみたいだよね」

夕暮れ空の下、金星は辺りを見回しながら囁いて、ふふっと笑う。

その後すぐに、しまったと口を噤む。

隣には水星がいたのだ。

聞き逃してくれると良いのだけど……。

「この大通公園（おおどおり）が？」

マーキュリーは、間髪（かんはつ）を容（い）れずに訊（たず）ねる。やはり、突っ込まれてしまった。

仕方ない、言った言葉は取り消せない。

ヴィーナスは開き直って、胸を張る。

「うん、そう。この札幌の大通公園とニューヨークのセントラルパークって、ちょっと雰囲気が似てるなぁって思ったの」

金星は、愛と芸術、そして感性を司（つかさど）る星だ。そんな金星の遣（つか）いであるヴィーナスは、いつも感覚に任せてものを言う。

一方、水星は、知性と情報収集、コミュニケーションなどを司る星。

水星の遣いであるマーキュリーは、コミュニケーション力よりも、知性と情報収集能力が強く際立っているように思える。ヴィーナスが思いついたことを話すたびに、マーキュリーは少し呆（あき）れたように息をつくのだ。

今回もどうせ『大きな公園だからって、なんでも一緒くたにして。ほんとヴィーはテキトーなんだから』と冷ややかに一瞥（いちべつ）をくれるに違いない。

マーキュリーの見た目は、十六、七歳の少年だ。星の光のような銀色の髪に水色の瞳と整った顔立ちが印象的な、とても美しい容姿をしている。その姿で悟ったようなことを言うのだから、頭でっかちな子どもにしか見えない。憎たらしさも倍増だ。

だが、彼の天使のような姿を前にすると何も言えなくなって、つい許してしまう。

とはいえ、許すも何も、マーキュリーはいつも尤もなことを言っているだけなのだが——。

また、呆れた顔で返されるのを覚悟していたが、今回は違っていた。

マーキュリーは公園を眺めながら、ふむ、と微かに首を縦に振る。

「たしかに、ちょっと似てるかもね。大通公園もそうだし、札幌の街自体が少しニューヨークに似てるところがある気がする」

もちろん、あっちの方がずっと都会だけど、と彼は付け足した。

ヴィーナスは嬉しくなって、パアッと顔を明るくさせる。

「そうそう、気候も少し似ているわよね」

「まっ、札幌とニューヨークの緯度は近いしね。たしか、札幌が北緯四十三度で、ニューヨークが四十度……」

「見て、もう三月なのに、まだちらちら雪が降ってきてる」

「聞いてる？」

じろりと横目で睨まれて、聞いてる聞いてる、とヴィーナスは相槌をうつ。

「絶対聞いてないくせに、ほんとテキトーなんだから」

まあまあ、とヴィーナスは、軽くいなす。

ヴィーナスの実年齢はさておき、見た目は二十三、四歳。

金糸のようなブロンドに碧(あお)い瞳が目を惹く美女だ。マーキュリーと一緒にいると、よく姉弟に間違えられた。

もちろん、二人の姿が見える者に限った話だが……。

今、通りを行き交う者たちのほとんどは、二人を目視できていない様子だ。

だが、時折、小さな子どもが『お姫様と王子様みたい』と声を上げることがある。

その時初めて、親も目視できるようで、『本当だ。モデルさんかしら』と驚いた様子を見せるのだ。

今もまさにそうしたことがあり、ヴィーナスはそっと肩をすくめた。

「今更だけどどうして、子どもの言葉を受けると、親も見えるようになるのかしら」

「量子力学みたいなもんなんじゃない？」

「りょうしりきがく？」

「量子はとても小さな物質やエネルギーとして存在していて、そのままでは確認できないんだけど、外部からの観測のエネルギーを受けた瞬間に『素粒子』となって出現するんだって」

「ええとつまり？」

「物質は人の意識が作り出すってこと。今回のケースは、子どもが『いる』と言ったことで、親も『そこにいることが分かって観測できる』状態になるってこと」

ヴィーナスは、なるほど、と相槌をうつ。

「私たちって、粒子みたいなものってこと？」

「みたいなものって、そもそもみんなそうだよ」

「あっ、そっか」

と、笑っていると、彼はまた氷のような視線を向けてくる。

ヴィーナスは咳払いをして、

「それより、ほら、もうすぐ『つどい』ゾーンよ」

と、西の方角を指差した。

大通公園は、五つに区分けされていた。

テレビ塔がある西一丁目～二丁目は、『交流』のゾーンだ。姉妹都市のシンボルが地模様になった国際親善の空間とされている。

西三、四、五丁目は『オアシス』ゾーン。噴水や彫像が並ぶ、癒しの空間だ。

西六丁目から九丁目が『つどい』、西十、十一丁目は、歴史・文化を意識した『フロンティア』、最後の西十二丁目は、バラ園などがある『花』のゾーンだった。

今、二人は『つどい』のゾーンに向かっていた。

『つどい』のゾーンには、遊具やプレイスロープ、コンサート会場がある。その名の通り人が『集う』空間で、イベントなどはここで開催されることが多い。

「北海道の広々としたこの感じ、懐かしいな」

ヴィーナスのつぶやきに、マーキュリーは少し驚いたように顔を上げた。

「あれ、ヴィーは北海道に来たことがあるんだ？」

三毛猫のマスターは、世界中至る所に、気まぐれに出店する。

もちろん、北海道にも出店したことはあるだろう。

だが、星の遣いたちは、いつも共にいるわけではない。

マーキュリーは、今回初めて北海道を訪れたため、ヴィーナスも同じだろうと思い込んでいたようだ。意外そうな目を見せている。

ヴィーナスは小さく笑って、うなずいた。

「札幌ははじめて。でも、北海道は少しの間、住んでいたことがあって……」

「いつ頃の話？」

マーキュリーの問いかけに、ヴィーナスは口角を上げる。

「昔の話」

やがて野外ステージが見えてくる。

石づくりのステージ横には、『春を呼ぶ音楽祭』という看板が立っていた。

開催日は今日ではなく、二日後の金曜日から週末にかけて三日間行われるようだ。すでにイベントに向けて準備が進められているようで、ステージ上ではスタッフたちが忙(せわ)しなく作業をしていた。

その様子を眺めながら、マーキュリーは納得したように首を縦に振る。

「へぇ、音楽イベントがあるんだ。きっと、マスターはそれを狙ったんだろうね」

「ここでコンサートなんて素敵ね。楽団が奏でる音楽は人々だけじゃなく、大通公園の植物たちをも癒しそう。ああ、私も音楽祭に参加したい」

それはそうと、とマーキュリーは腕を組む。

「これから勉強会なんだからね。分かってる?」

「また、マーは勉強勉強って」

「『マー』って呼ばないでって何度も言ってるのに」

「自分だって、私を『ヴィー』って呼んでるくせに」

目的地であるトレーラーカフェ『満月珈琲店』は、ステージの少し先にあった。

大きな三毛猫のマスターが、楕円形のテーブルと椅子を出し、勉強会の準備をしていた。

「やっぱり、僕らが一番だったね」

「私たちは動きが早いから」

「一番早いのは、ルナだけどね」

「彼女は気まぐれだもの」

そんな話をしながら、マスター、と声を上げて駆け寄ると、

「ヴィー、マーキュリー、こんばんは」

看板を置いたマスターは振り返って、にこりと微笑んだ。

「何か手伝うことは？」

「では、これをお願いいたします」

と、マスターはテーブルの上に並べてあるランタンに目を向ける。

「分かりました」

ヴィーナスとマーキュリーはランタンを両手いっぱいに持ち、『満月珈琲店』をぐるりと円形に取り囲むように置いていった。

北国の日暮れは、とても早く感じる。

陽が傾き、赤く色付いていた空もアッという間に藍(あい)色に染まっていた。

テーブルの上にランタンが一つ、満月珈琲店を取り囲んだランタンの数は八つ──太陽の周りを回りながら地球を見守る星の数と一緒だ。

これは、ランタンを使った神聖な結界だった。

結界の中に入ると、人の目には映らなくなる。

それでも不思議なもので、人々は自然と円を避けるように歩いている。

目に見えていなくて、脳が判別していないだけで、きっと彼らの潜在意識は、ここに何かがいることをキャッチしているのだろう。

ランタンに火を灯すと、円の中はたちまち暖かくなった。

「二人ともありがとうございます。ちょうど、皆さんも到着されたようですね」

マスターの視線の先には、五人の姿があった。

肩で風を切るように、先頭を歩いているのは、赤い髪にがっちりとした体付きの青年・火星（マーズ）。

半歩後ろに、ふくよかで優しそうな中年女性・木星（ジュピター）、気難しい教官のような土星（サートゥルヌス）、そして天王星（ウーラノス）の姿があった。

ウーラノスは、会うたびに髪の色が違っているのだが、今回は左右を金と青の二色に染めていた。

皆の一番後ろにいるのは、月（ルナ）だ。漆黒の真っ直ぐな髪を、指で梳（す）くようになでながら、しずしずと歩いている。

彼女は、星の遣いというよりも、月の精のようだ。

ああ、とヴィーナスはうっとりと手を組み合わせる。

「ルナは、相変わらず、ミステリアスで素敵」

「そう言いながら、マーズの方をチラチラ見て、顔を赤くしてるね」

マーキュリーが間髪を容れずに言う。ヴィーナスは横目で睨んだ。

「いらっしゃい、皆さん」

マスターが両手を広げて、皆を迎えた。

「やぁ、マスター」

「おっ、マーにヴィー、早いねぇ」

「まぁ、皆さん元気そうね」

マーズを筆頭に、ウーラノスとジュピターが、にこやかに話しかけてくる。

一方で大人しいルナと寡黙（かもく）なサートゥルヌスは、どうも、と会釈をしただけだ。

「これでお揃いですね。どうぞ、お掛けになってください」

その言葉に、ウーラノスは周囲を見回して、残念そうに言う。

「これでお揃いってことは、やっぱ今回も、トラサタは俺だけかぁ」

彼の言う『トラサタ』は、『トランスサタニアン』の略。

地球から目視できない天王星（てんのうせい）、海王星（かいおうせい）、冥王星（めいおうせい）を指している。

ヴィーナスは、マーズを前に頬を赤らめていたが、ウーラノスの言葉にハッとする。

そう、海王星（サラ）と冥王星（ハデス）がいないのだ。

ヴィーナスもがっかりした気持ちで、息をついた。

「今回はみんな集まるかと思ったのに……」

でもまぁ、とルナが野外ステージの看板に目を向けながらそっと口を開く。

「音楽祭が開かれるみたいだし、サラ様はそのうち、ふらっと顔出しそうよ」

「ハデス様は？」

ヴィーナスの問いかけに、皆は揃って小首を傾げた。

「ハデス様は、どうだろうな」

「そうねぇ……期待をしすぎずに待ちましょうか」

「ああ、あの方はそう簡単には降臨されない」

マーズ、ジュピター、サートゥルヌスが口々に言う。

ハデスは、冥王星の遣いだ。

かつて冥王星は太陽系第九惑星だったが、二〇〇六年に準惑星に降格となった。

その理由は色々あるが、一番は大きさだろう。

冥王星は元々、地球くらいの大きさだと思われていたのだが、その後の調べで月よりも小さいのが分かった。

また、太陽を回る軌道が他の星よりも細長く傾いていること、『軌道の近くに衛星以外の星がない』という条件を満たせなかったことなどが挙げられるという。

この決定に星の遣いたちは、憤慨した。

冥王星は大きさとは反比例して、どの惑星よりも強いエネルギーを持っている。巨大なエネルギーを持つと言われている海王星よりも、さらにだ。

その理由は明白で、太陽系の一番端にいる冥王星は、太陽系外の宇宙エネルギーを取り込んでいるためだ。

遥か遠くから届く銀河のエネルギーを受け取り、地球を含む惑星たちに注いでいる。

そのことをよく知る星の遣いたちは、冥王星を『準惑星』とは呼べなかった。

世間ではどうあれ、ここでは自分たちと同じ『惑星』だ。

でも、とルナが腕を組んで言う。

「ハデス様は、惑星の年齢域で考えても、私たちとはまるで違うものね」

これまで何度か、『満月珈琲店』を訪れた客人に伝えたことがあるが、惑星にはそれに沿った年齢域がある。

生まれてから七歳くらいまでが、月の年齢域。この期間に、人は、『感覚』『感性』『心』を育て、自分の心が安定する土台を作る。

八歳から十五歳が、水星の年齢域。学校などの社会に入り、知性やコミュニケーション能力を伸ばす。

十六歳から二十五歳が、金星の年齢域。『自分を飾る』こと、『楽しみを見付け出す』こと、『恋をする』ことを覚え、好きなものに対する感性を高める。

二十六歳から三十五歳が、太陽の年齢域。これまでの学びを経て、人生の目標を見出し、自分の足で人生を歩み出す。

三十六歳から四十五歳が、火星の年齢域。勢いを持って、人生の目標を具体的に形にしていく。

四十六歳から五十五歳が、木星の年齢域。大きな心で、自分のことも人生も受容できるようになる。

五十六歳から七十歳が、土星の年齢域。今までの実績から、成果を生み出す。

七十一歳から八十四歳が、天王星の年齢域。これまでの常識を打ち壊していく。

八十五歳から死に至るまでが、海王星の年齢域。優しく広い視野で、目に見えない世界へつながっていく。

そして、死の瞬間から死後が、冥王星の管轄だ。肉体を持った人間から、魂の存在への『変容』を司っている。

生者に寄り添っている星の遣いからは、想像ができない範疇の話だ。

そんな大きな存在は、簡単には動かないもの。

そのため、ハデスは、滅多に姿を現わさなかった。

だけど、とヴィーナスが前のめりになった。

「そもそも、今回の勉強会は、ハデス様の水瓶座入りに向けてのものなのよね？」

そうなんだけどね、とマーキュリーは苦笑した。

二〇二三年三月、これまで山羊座に滞在していた冥王星が、水瓶座に移動する。

大きな話題になっていたが、二〇二〇年十二月下旬に木星と土星が『水瓶座』でグレート・コンジャンクション（重なり合い）し、『風の時代』へと突入した。

これまでは、地の時代の価値観が世界を支配していた。

階級社会、物質主義、伝統、文化——等々が地の時代の象徴だ。

一方、風の時代は、情報、横のつながり、自由、ネットワークなど、個々を重んじながらも協力していくようになると言われている。

時代の性質が変わったからといって、社会はカレンダーをめくるように一気に変われるわけではない。

今は古い体制、価値観などが淘汰（とうた）され、新時代へ向けて世界が変化してゆく移行期だ。

何より、土星・木星が水瓶座入りを果たしているが、冥王星は地の時代の星座——山羊座に残ったままだったのだ。

それは、前時代から新時代へ、最後の引き継ぎを担うためのこと。

譬（たと）えるならば、会社の移転だろうか。

社屋のビルが古くなったため、新しいビルへ引っ越しをすることになった。

社員たちは、いち早く新しいビルに移り、環境を整えつつ、仕事を始めている。

だが、会長は旧ビルに残り、新ビルに持って行くもの、ここで捨てていくものなどを選別していた。

最後に契約終了の手続きをして、古くなったビルを後にし、新ビルにやってくる。

それが、二〇二三年、三月二十四日のこと。

今日は、その三日前の新月だった。

『冥王星が水瓶座入りする直前に勉強会をしよう』とマスターは星の遣いたちに呼びかけたのだ。


「冥王星が水瓶座入りする日に音楽祭が行われるなんて、奇遇ね」

ヴィーナスは野外ステージの看板を眺めながらしみじみと洩らす。

星の遣いたちは席についていた。

並びは、月、水星、金星、火星、木星、土星、天王星という惑星の順であり、最後にマスターが天王星と月の間に腰を下ろした。

皆の前には、いつの間にかドリンクが置いてある。

ルナとマーキュリーが紅茶、ヴィーナスとジュピターがロイヤルミルクティー、他の者たちはコーヒーだった。

ルナは紅茶を口に運びながら、相槌をうつ。

「私も同じことを思っていた。まるでハデス様の水瓶座入りをお祝いしているみたいだって」

話を聞いていたジュピターが、そうねぇ、と鷹揚に答える。

「こういうことって、宇宙の意思とつながっているものよ。ねぇ、マスター？」

話を振られたマスターは、ええ、とうなずいた。

「間違いないでしょう。この音楽祭が開催されることになったキッカケもそうですし。ですので、私も音楽祭が終わるまでは、ここに滞在する予定ですよ」

キッカケって？　とヴィーナスが訊ねようとした時、

「音楽祭が終わるまでここにいるんだ。それは絶対、サラさん出てきそうだ」

と、ウーラノスが笑って言ったため、言葉が引っ込んだ。

「マスター、もしサラ様が来ても、あんまりお酒を出しちゃ駄目よ」

そう釘を刺すルナに、マスターは、分かっていますよ、と愉しげだ。

「音楽祭が始まる頃には冥王星もすっかり水瓶座入りしています。ですので、もしかしたら、ハデス様もお姿を見せてくれるかもしれませんね」

「冥王星の水瓶座入りって、何時だったかしら？」

ジュピターの問いかけに、マーキュリーが答えた。

「日付が変わって割とすぐですよ。午前零時二十五分」

「それは間違いなく、音楽祭が始まる頃には、水瓶座に移っているな」

と、サートゥルヌスが首を縦に振る。

皆の話をなんとなく聞きながら、ヴィーナスは黙って相槌をうつ。

さて、とマスターは大きくふわふわした両手をテーブルの上で組み合わせた。

「本題に入りましょうか。あらためて、二日後の三月二十四日午前零時二十五分、いよいよ冥王星が水瓶座入りします」

皆は何も言わずに、マスターの次の言葉を待つ。

「『風の時代』になって人々の生活が大きく変わりましたが、今度の冥王星水瓶座入りは、さらに『時代はもうすっかり変わってしまった』と強く思わせる出来事が起こることでしょう。具体的に何が起こるかは、我々にも分かりません」

ごくり、と皆の喉が鳴る。マスターはそのまま話を始めた。

「何度も言っていますが、トランスサタニアンは個人よりも社会に大きな影響を与えます。ですが、個人に関係がないかと言われればそうではありません。社会に影響をもたらすということは、個人にも大きな影響が起こりえるのです」

かつてのフランス革命も、明治維新も世界大戦も、トランスサタニアンがもたらした変化と言われている。

それは間違いではないが、少し異なっている。

人間が偏（かたよ）った方向に進みすぎたため、それを正すために大きな出来事が起こってしまったのだ。

革命や変化を柔軟に受け入れられる生き方をしていたら、大きな災いや争いまでには発展せずに、次の世界へと移行できただろう。

この世はすべて、自分がしてきたことが返ってくるもの。

それが宇宙の摂理だ。

マスターの話を聞きながら、ヴィーナスは重たい気持ちになって、俯（うつむ）いた。

どんなに自分たちがしてきたことが返ってくるとしても、人が苦しんだり、悲しんだりする姿は見たくはない。

ですが、とマスターが続ける。

「前にも話しましたが、宇宙（マクロ）と個人（ミクロ）は呼応しています。世の中が偏った方向へ進んでいたとしても、一人一人が偏ることなく柔軟であったら、世界が著しく変わっていったとしても順応していくことができます。そうしたことを促し、サポートしていくのが……」

マスターがそこまで言った時、ヴィーナスは思わず口を開いた。

「私たち、星の遣いの役目ということですね」

そうです、とマスターは首を縦に振る。

そもそも、この地球は、変化を繰り返していくステージなのだ。世の中がどんなに変わっても、柔軟であることを心がける必要がある。

「しかし、変化を受け入れられる者であるためには、自分というものをしっかり持っていなければなりません。『自立』が、これからの生き方のテーマになっていくのです」

その言葉に、ルナは自嘲気味に笑って言う。

「一人だけでしっかり生きていけるようになれってことね」

「少しニュアンスが違います。人の助けを得て、協力、共存し合いながら生きていく時代になるので、一人だけでしっかり生きていきなさいという話ではないんです」

ヴィーナスは、話を聞きながら、うーん、と唸る。

協力、共存しながら生きていく時代になるというのに、『自立』がテーマというのは、矛盾しているように思える。どういうことなのだろう?

ヴィーナスは、ちらりとルナの方を見る。

ルナは、なるほどね、と納得した様子を見せていたので、ヴィーナスは思わず口を噤む。

何はともあれ、自分たち星の遣いは迷える人たちのランタンの明かりのような存在になりたいものだ。

がんばろう、とヴィーナスが両こぶしを握っていると、野外ステージの方から音楽が流れてきた。

「ああ、ヴィヴァルディの『春』ね」

と、ルナがうっとりと目を細める。

ステージの上では、普段着姿の男女四人が、弦楽器を演奏していた。

「音響OKです！」

という声も聞こえてくる。

「今日は機材などのチェックを兼ねた、テストリハーサルをしてるみたいだね」

と、マーキュリーが独り言のように言う。

ややあって、ふわふわとシャボン玉が飛んできた。

子どもたちが、歓声を上げている。

ヴィーナスも、わあ、と目を輝かせた。

「こんな時期にシャボン玉なんて、珍しいわね」

「それに、結構な量よ」

と、ルナも嬉しそうだ。

シャボン玉が飛んでくる方に顔を向けると、ステージの下で、スタッフがシャボン玉製造機を回していた。

そのスタッフの姿に、ヴィーナスは「あれ」と目を凝らす。

よく見ると、見知った女性だった。

「……良かった、元気そう」

ホッと胸に手を当てると、マーキュリーがそっと訊ねる。

「もしかして、うちのお客さんだった人？」

「うん。覚えていない？　前に日暮里の朝倉彫塑館で……」

「ああ、あの時の。あそこで僕は接客を担当してなかったから」

「私、あの時、彼女にお金の話をしたのよね」

マーキュリーは、えっ、と目を見開く。

「カネの話を？」

「やだ。お金を『カネ』って呼び捨てにすると、たちまち俗っぽくなるわよね」

「おんなじだよ」

「違うわよ」

ヴィーナスが口を尖らせていると、シャボン玉を眺めていたマスターが何かを思い出したように手を合わせた。

「そうだ、せっかくですから、新作スイーツを試食しませんか？」

「もちろんです」

即答したのはヴィーナスで、皆は、喜んで、とうなずく。

少々お待ちくださいね、とマスターはトレーラーの中に入っていった。

ヴィーナスは新作スイーツを心待ちにしながら、シャボン玉を目で追う。大通公園の中をまるで泳ぐように飛んでいき、やがて姿を消した。

「素敵ねぇ」

ふわふわと浮かんでは空に溶けるように消えていくシャボン玉を見て、マーズが、春を呼ぶ音楽祭か、と、しみじみとつぶやいた。

「そういや、日本で最後に春が訪れるのは、ここ、北海道なんだよな」

そうだな、とサートゥルヌスが相槌をうつ。

「もしかしたらこの北の大地こそ、どこよりも春を待ち望んでいるのかもしれないな」

まぁ、驚いた、とジュピターが目を大きく見開く。

「まさか、サーたんが、そんなロマンチックなことを」

すかさずウーラノスが強く首を縦に振る。

「いつもは、人々に凍てつく冬の寒さを与えているというのに」

「それは言い過ぎだ」

と、サートゥルヌスは、ばつが悪そうに頭に手を当て、皆は声を揃えて笑った。

その時、マスターの声がした。

「お待たせしました」

気が付くと、皆の前に黒い四角い皿が置かれていた。

皿の上では、透き通った丸い餅が揺れている。

餅には、金箔のようなきな粉がかかっていた。

「『シャボン玉のわらび餅』です。これを出すのは、まだ早いかと思っていたんですが、このシャボン玉を見て、今しかないと……」

わぁ、とヴィーナス、ルナ、ジュピターは目を輝かせた。

「なんて美しいの？」

「本当ね、可愛いわ」

「……素敵ね」

いただきます、と手を合わせてから、菓子楊枝(ようじ)をシャボン玉のわらび餅に刺す。

わらび餅は、ぷるるんと震えながらも、崩れる様子はない。

口に入れてみると、シャボン玉が弾けるように素朴(そぼく)な味わいが広がって、消えていった。

「美味しい！　たまらない」

ヴィーナスが声を上げると、他の者たちもうなずいている。

マスターは嬉しそうな、ホッとしたような表情だ。

「良かったです。この『シャボン玉のわらび餅』には、願いがこもっているんですよ」

「願いって？」

「それは……」

マスターが何か言いかけた時、カルテットの演奏が終わり、通行人たちが大きな拍手をした。

ルナは、ふふっと目を細めて笑う。

「まだリハなのに、みんな嬉しそうね」

「本当ね。これは本番が楽しみ。ハデス様も来てくれるかもしれないわね」

ルナとジュピターの言葉に、ヴィーナスは胸の前で手を合わせた。

「ぜひ、ハデス様にまたお目にかかりたいです。私にとってあの方は恩人で……」

人じゃないけどね、とマーキュリーはいつものように突っ込んだあとに、続けた。

「ヴィーだけじゃないよ。僕たちはみんな、ハデス様のおかげでこうしているんだ」

そうね、とルナが静かに答える。

皆も同意して相槌をうっているなかで、ウーラノスだけは「いやぁ」と八重歯を見せて笑った。

「トラサタの俺やサラさんは違うんだけどね。でも、ハデス様のおかげで、君たちとこうしていられるから、やっぱり感謝だな」

皆は顔を見合わせて、うんうん、とうなずく。

そういえば、とマーキュリーがヴィーナスに視線を向けた。

「さっき、『北海道に住んでいた』って言ってたけど、それはもしかして、星の遣いになる前の話？」

そう問われてヴィーナスは、はにかんでうなずく。

「そう。私は昔、大切な人と北海道に住んでいたの……」

ヴィーナスは遠くを見つめるような目を見せて、小さく笑った。

惑　星	年齢域	特　徴
月 ☽	0～7歳	「感覚」「感性」「心」を育て、自分の心が安定する土台を作る。
水　星 ☿	8～15歳	社会に入り、「知性」や「コミュニケーション能力」を伸ばす。
金　星 ♀	16～25歳	「恋」「飾ること」「楽しみ」など好きなものへの感性を高める。
太　陽 ☉	26～35歳	これまでの学びを経て、人生の目標を見出し、人生を歩み出す。
火　星 ♂	36～45歳	勢いを持って、人生の目標を具体的に形にしていく。
木　星 ♃	46～55歳	大きな心で自分のことも人生も受容できるようになる。
土　星 ♄	56～70歳	今までの実績から、成果を生み出す。
天王星 ♅	71～84歳	これまでの常識を打ち壊していく。
海王星 ♆	85歳～死	優しく広い視野で、目に見えない世界へつながっていく。
冥王星 ♇	死の瞬間～死後	肉体を持った人間から、魂の存在への「変容」を司る。

旅立ちと入道雲のソフトクリーム

もうすぐ、列車が来る頃だ。

私は急ぐわけでもなく、小さなキャリーバッグ一つを持って、田舎道を歩いていた。

そよぐ風の心地良さに身を委ね、目を細めようとして思い留まった。

目の前の景色があまりに美しいからだ。

見渡す限り丘陵風景が広がっている。ラベンダーやポピー、マリーゴールドが咲き誇り、丘は紫、薄紅色、黄色、黄緑と、平たい筆で色を塗ったように鮮やかだ。

地平線の向こうには、入道雲がうずたかく盛り上がっている。

まるで、絵画の中に入ったようだ。

「ここに来たかったんだ……」

涙が出そうになって顔を上げると、花畑の中にぽつんとトレーラーカフェがあるのが分かった。

大きな三毛猫が看板を出し、両手を天に向けて体を伸ばしている。

その後三毛猫は、いそいそとトレーラーの前にベンチを出した。

「着ぐるみでトレーラーカフェをしているんだ……」

ここは快適な気温とはいえ、今は夏。

さすがに着ぐるみでは暑いのではないか、と勝手に心配になるも、興味を惹かれたので、行ってみることにした。

トレーラーは窓が二つ付いていた。

窓の前にはそれぞれ一人前の飲食物を置ける程度のカウンターがあり、車の前には『満月珈琲店』という看板が置いてある。

「満月珈琲店……」

すぐ側まで来てつぶやくと、大きな三毛猫が、いらっしゃいませ、と胸に手を当ててお辞儀をした。

「ようこそ、『満月珈琲店』へ。わたしはこの店のマスターです」

男性の優しい声だ。

私も会釈を返すと、どうぞ、と彼はベンチを指す。

「ありがとうございます」

私はベンチに腰を下ろして、天を仰いだ。

どこまでも青い空が広がっていて、心地良い。

「本当に素敵なところですね。いつもここに出店しているんですか？」

いいえ、とマスターは首を横に振る。

「満月珈琲店には、決まった場所はございません。時に馴染みの商店街の中、終着点の駅、静かな河原と場所を変えて、気まぐれに現われます」

「そうなんですね。それじゃあ、出会えた私はラッキーですね」

「お客様は、ご旅行ですか?」

「旅行なのかな……?　私、ずっと来たいと思っていたんです。本当は他に行かなきゃいけないところがあるんですけど」

私ははにかんで、目を伏せる。

そうでしたか、とマスターは相槌をうち、優しい声で続けた。

「当店は、お客様にご注文をうかがうことはございません。私どもが、あなた様のためにとっておきのスイーツやフード、ドリンクを提供いたします」

私は小さく笑って、顔を上げる。

「私がオーダーすることはできないんですね」

「ええ、ですが、きっと喜んでいただけると思います」

そう言うや否や、彼は私の前にソフトクリームを出した。真っ白でふわふわとした感じは、クリームというよりも綿菓子のようにも見える。

「『入道雲のソフトクリーム』です。夏の空に浮かぶ入道雲を切り取って作りました」

わあ、と私は声を上げて、ソフトクリームを受け取った。

「素敵。私、ここに来たら、絶対に広大な大地を眺めながら、ソフトクリームを食べたいと思っていたんです」

『入道雲を切り取った』だなんて、童話のような楽しい言い回しだ。

たしか入道雲が見えていたはず、と地平線に目を向ける。

不思議なことに先ほどまで、もくもくと盛り上がっていた入道雲がなくなっていた。

あれ？　と私が目を凝らしていると、マスターは、ふふっと笑った。

「どうぞごゆっくり、と言いたいですが、ソフトクリームが溶けるのはアッという間なので、お気を付け下さいね」

「そうですよね」

すぐにソフトクリームを食べてみる。見た目通り、ふわりと柔らかい。ミルクが濃厚でありながら、ほどよい甘さで爽やかさも感じさせた。

美味しい……、とつぶやいて、再び地平線に目を向けた。

丘の上に木々が一列になって並んでいるのが見える。

あれが、防風林というものだろう。

こうして、広大で美しい景色の中、ソフトクリームを食べたいと思っていた。

「なんだか夢が叶ったみたい」

そう言う私に、マスターは何も言わず、嬉しそうに微笑んでいる。

「おかげで、決意が固まった気がします」

「決意とは?」

「……大切な人に会いに行く決意です」

会うのが怖くて、ふらふらして逃げていたのだ。

「それは良かった。会える時に会っておくのは大事なことですよ。機会を逃すと、二度と会えなくなってしまうこともあります」

「そうですよね。ぼんやりしていると、ソフトクリームが溶けてしまって、もう食べられなくなるのと一緒ですよね……」

私は独り言のように洩らして、ソフトクリームを口に運ぶ。

甘かったバニラが、ほんの少しだけしょっぱく感じられた。

*

空を見上げると、雲がどんどん流れていく。

東にいた太陽が、気が付くと西の方に傾いていた。

——時が経つのは、本当にアッという間だ。

「もう、一年になるんだね……」

私はベランダの手すりに手をついて、外を眺めながらつぶやいた。

隣では、彼が煙草を咥えて手すりに寄り掛かっている。

割と無口な彼の口から吐き出される煙が、ゆらゆらと立ち上る。

煙草は苦手だけど、煙草を吸う彼の姿は好きだった。

二人で一緒に暮らすことを決めた時、『煙草をやめるか、ベランダで吸うようにして』そう強く言った私に、『換気扇の下で吸うから家の中でも吸わせろよ』と彼は不服そうに言っていた。

『やだ、壁が汚れるし部屋が臭くなるよ。それにもし、私が妊娠したらどうするの？体に絶対悪いよ。赤ちゃんが可哀相！』

その言葉が決め手になって、『……分かったよ』と、面白くなさそうな顔をしながらも、ベランダで煙草を吸ってくれるようになった。

「ほんとに、早い」

こうして外の景色を眺めるだけで、時間の流れの速さを感じさせた。

「……あそこのお店、もう完成したんだね。すごい人の行列」

お洒落な喫茶店ができることが話題になっていて、私もオープンを楽しみにしていた。

このベランダから、少しずつ建物が出来上がっていく様子をワクワクしながら眺めていた。

「こんな近くに喫茶店ができるって知った時は嬉しかったなぁ。オープンしたら通い詰めるって息巻いてたよね、私」

ふふっと笑って、私は頬杖をつく。

結局、行けてないけど。

小さく口に出す。

優しい風が吹いて木々の葉が散っていく。

もう、秋だ。

「暑さ寒さも彼岸まで……とはよく言ったものだよね」

そう言って、長袖姿の彼をチラリと見た。

ここに移り住んだのは去年の初夏。

結婚の話がまとまり、式を挙げる前に一緒に暮らすことになった。

お金のない若い二人だ。

新婚旅行は車で行けるところにしようと話していた。

私がずっと行きたかったのは、富良野や美瑛だった。

どこまでも続く丘陵を眺めたいと思っていた。

そのことを伝えると、彼は嬉しそうに同意してくれた。

『それじゃあ、新婚旅行は、夏の富良野と美瑛に行こう。綺麗な景色を見ながら一緒に美味しいソフトクリームを食べよう』

なんて、二人ではしゃいでいた。

だけど気が付くと、夏は終わってしまっていた。

ゆっくりとベランダに背を向けると、リビングが目に入る。

変わらないギンガムチェックのテーブルクロス。その上には、私の大好きなヒマワリの花に、チョコレート。クッションの上には、いつものように灰色の猫のムーが丸くなって寝ている。

この子は、私が連れて帰ってきた、わが家の大切な家族だ。

出会いは、この部屋に住んで間もない頃。

買い物帰り、足元がおぼつかない子猫を見付けた。

周囲を見回しても、親猫の姿はなく、カラスが子猫を狙って集まってきているのが分かった。

どうしよう、と戸惑ったものの、まずはこの子を助けたいとスカーフに包んで動物病院へ連れて行き、診てもらったのだ。

その後、色々な処置をして、とりあえず家に連れて帰ることにした。

突然、子猫を連れて帰った私を見て、

『うわっ、ぬいぐるみじゃなくて、本物の猫なのか!?』

と仰天した彼の顔がとても可笑しかったっけ。

子猫は、にゃーではなく、『むぅ』に近い声で鳴いていたことから、ムーと名付けた。

ムーも最初は両手の中にすっぽり収まるほどの大きさだったのに、今や貫禄がある大きさに成長していた。

「ムーちゃんも大きくなったよね」

小さく笑って言うと、彼は「そういや、水を替え忘れてたな」と思い出したように煙草を灰皿に置いて、リビングに入り、猫の水を替えている。

彼も最初は、『助けたのは良いことだと思うけど、誰か飼ってくれる良い人を探した方がいいんじゃないか? 俺生き物の世話とかできる自信ない』なんて言っていたのに、いざ生活を始めたら、『ムーちゃん、ムーちゃん』とすごく可愛がり、こうしてマメに世話をしている。その姿が微笑ましくて、嬉しくなる。

水を取り替えた彼はまたベランダに戻ってきて、私の隣に立ち、灰皿に置きっぱなしだった煙草を咥えた。

匂いが嫌だからと部屋で煙草を吸うことを禁じておきながら、彼がベランダで煙草を吸うと、つい隣に立ってその横顔を眺めてしまっていた。

こうして、あなたを見ているのが、とても好きだった。

手すりによりかかって見下ろすと、はらはらと葉が舞い落ちている。

本当に早い。

「もう、一年だね」

もう一度言う。けれど、彼は何も言わない。

当たり前だ。

目頭が熱くなるのを感じ、グッと俯いた。

「一年になるね、私が死んで」

暑さも、寒さも、彼岸まで。

私は一年ぶりにここに帰ってきた。

一年前と何も変わっていない部屋。あまりに変わってなくて驚いたくらい。

そしてテーブルの上には私の大好きな花と、私の大好きなチョコレート。

「……ありがとう」

私のために、用意してくれて。

煙草を咥える彼の横顔を見る。

私がもういないのに、今もこうしてベランダに出てくれているんだね。

「……いいんだよ、リビングで吸っても。私はもう、いないんだから」

そう洩らした瞬間、涙が溢れ出た。

二人でショッピングモールに行きたかった。
手をつないでカフェに通いたかった。
楽しみにしていたウエディングドレスを着たかった。
ずっとずっと側にいたかった。一緒に歩いて行きたかったよ。
溢れる涙と同調するように、強い風が吹いて木々の葉が舞った。
まるでワルツを踊るかのように、舞い落ちる。
ここに来るのが怖かった。
あなたが何もかも忘れていたら、どうしようと思っていた。
だけど、逆だった。
一年ぶりの部屋は、驚くほどに変わっていない。
私と同じように、あなたも時間を止めてしまっているのが伝わってきた。
それは、やっぱり苦しい。
こんなに苦しいと思わなかった。
彼の背にそっと手を触れて、寄り添った。
「私はもう、これを最後に帰って来ないから。あなたはあなたの道を歩いてね」
私の言葉は、彼の『耳』には聞こえない。
だけど『心』には届いてくれるだろう。すこしずつ、それはゆっくりと。

私のことを『過去』にして、歩き出してほしい。

それが心からの願いだ。

だけど、時々でいい、思い出してほしい。

苦しかったり悲しかったりする気持ちじゃなくて。

この家の窓から見えるなんでもない風景を振り返るように。二人で歩んだ短い日々を、この部屋で過ごした二人の他愛もない思い出を振り返ってほしい。

楽しく笑い合ったこと。つないだ手のぬくもりを。

それは、懐かしく、優しい気持ちで。

祈るような気持ちで、私は彼から離れて、玄関の扉に手を掛ける。

それまで丸くなって眠っていたムーが立ち上がり、私の足首に顔を擦り付けるようにして甘えてくる。

私はそっと手を伸ばして、ムーの顎(あご)を撫でる。

「ありがとう、ムー。彼をよろしくね」

ムーはまるで応えるように、むぅ、と鳴いた。

*

ふと、気が付くと、私はベンチに座っていた。

目の前には、丘陵風景が広がっていて、私は目を凝らす。

鮮やかなラベンダー畑ではなくなり、茶色味を帯びた大地に、牧草ロールがある秋の風景に変わっていた。

陽は落ちて、空は橙色に染まっている。

食べていたはずのソフトクリームは、跡形もなくなっていた。

呆然としていると、トレーラーからマスターがやってきて、にこりと微笑で言う。

「言ったでしょう。ソフトクリームはアッという間に溶けますよ、と」

そうでしたね、と私ははにかむ。

「何か他に召しあがりますか?」

私は、いいえ、と首を横に振る。

「もうすぐ列車が来るので、それに乗らなくてはならないんです。旅立つ前にここに来られて良かった……」

そう言って、ゆっくりと立ち上がる。

次の瞬間、地面がぼこぼこと揺れて、足元に線路が現われた。

それは、瞬く間に伸びて、何もなかった大地の上に線路が出来上がっていく。

地平線の向こうから、ポーッという汽笛が響く。

こちらにやって来る列車を眺めながら、マスターはぽつりと訊ねた。

「どうして、お迎えに列車を選ばれたんですか？」

私は戸惑いながら、小首を傾げる。

「……こういうのって、選べるものなんですか？」

「ええ、皆さん、自分の心で選んでいるんです」

そうだったんだ、と私の頬が緩む。

「きっと、子どもの頃に読んだ童話の影響かもしれませんね」

大好きだったので、と小さく笑っていると、やがて列車が停まり、扉が開いた。

扉の前には、グレーの毛並みが美しい猫がちょこんと座っていた。

一瞬ムーかと驚いたが、そうではなかった。

この子はムーよりもスマートであり、何より瞳の色が違っている。

ムーは黄色い目をしていたが、この子は、毛の色よりも少し明るいグレー、いやシルバーという不思議な色の瞳をしていた。

「行きましょう」

グレーの猫が、目を三日月の形に細めて言う。

はい、とうなずいた私の隣で、

「ハデス様、お久しぶりです」

と、マスターが深々と頭を下げていた。

グレーの猫の名前は、ハデスというようだ。

列車に乗り込む際、手にしているキャリーバッグも一緒に持ち込もうとしたものの、どうしても見えない扉に引っかかった。

思わず、手を離した瞬間、列車が走り出す。

「あっ」

放り出されたキャリーバッグが開き、中からたくさんの写真が飛び出した。

彼と二人で過ごした時、両親や友達との想い出をおさめた写真のすべてが風に舞い、やがて朽ちるように散り散りになって、消えていく。

だが、私の胸は痛まず、涙も出ない。

そんな自分を不思議に思いながら、乗降口の前で座り込んだ状態で写真が消えていく様子を眺めていると、ハデスが横にきて、静かに囁いた。

「どうされましたか？」

「大切なものが、飛んで行ってしまったんです」

「大丈夫ですよ。あなたの大切なもののすべては、あなたの中に残っています」

その言葉にようやく目頭が熱くなり、涙が滲(にじ)む。

そうか、私はもうわかっているから、胸が痛まなかったんだ。

もう自分は、以前とは違う価値観を持っている。何かに固執しなくなった。

そう、執着心がなくなったのだろう。

「コーヒーはいかがですか？　『満月珈琲店』のマスターに『星屑（ほしくず）のブレンド』をいただいているんです」

そう続けられ、私は「ぜひ」と答えて、シートに腰を下ろす。

ハデスが器用にカップにコーヒーを注ぐ姿を見て、頬が緩む。

どうぞ、と差し出されたカップを受け取って、目を落とすと真っ黒なコーヒーの中でキラキラと星のようなものが瞬いている。

「本当に『星屑のブレンド』なんですね」

私はコーヒーを一口飲んで、窓の外を眺める。

列車は大きな川を渡っていた。

空はもう陽が落ちて、美しい星空が広がっている。

まるで、星のトンネルを進んでいるようだ。

きっとこのトンネルを抜ける頃、あの丘に負けない素晴らしい景色が広がっているのだろう。

雲海のクラムチャウダーと奇跡のルール

［1］二〇二三年一月　札幌

上手くいかない時は何をしても、どう足掻いても上手くいかないものだ。

神経をすり減らし、身を削るようにして努力をしても、駄目な時は駄目なもの。

その頃に抱いていた望みは、大それたものではなかった。

社会に認められて、貢献したうえで、誇りを持って仕事がしたい。有り体に言うと正社員として働きたいというシンプルなもの。

人に言うとささやかな夢だと笑われたことがある。

だが、どこに行っても正社員として雇ってもらえなかった自分にとっては、決して些細なことではなかった。

そのための努力は怠らなかった。しかし、願いは叶わない。

自分は駄目な人間ということなんだろうか？

やさぐれた気持ちになって落ち込んだり、半ば自棄になってがむしゃらにがんばったりしても、何一つ好転することはなかった。

だが、ふとした時に、調子が上向きになった。

あるキッカケがあり、自分は変わった。
それは自分にとって生まれ変わったと感じるほどであり、まさに変容といえるだろう
——。

「そのキッカケってなになに？」

向かいのデスクに座る先輩が、両手をついて前のめりになった。

十二坪ほどのオフィスだ。

彼、真中総悟の言葉は、大きすぎると感じるほどに響いた。

鈴宮小雪は、思わず身を反らして、彼を見上げる。

「真中、食いつきすぎだ。鈴宮さんがびっくりしてる」

パソコンのディスプレイに目を向けたまま素っ気なく言ったのは、桐島祐司。

彼は、この出版社兼広告代理店『musubi』の社長だ。

もうすぐ七十歳ということだが、年齢より若く見える。いつもパソコン画面を睨んでいるため、気難しそうだと勘違いされるが、実は気さくな人だ。

会社の紹介をする際、『小さな』という枕詞が必ずつく。

社員は、真中総悟と小雪だけだ。

社長の桐島は、元々東京の広告代理店で働いていたが、定年後にこの札幌で起業した。

彼は元々カメラマンであり、プロダクトデザイナー（生活雑貨から家電、車に至るまで、あらゆるものを設計し、デザインする）であり、編集者でもあった。

小雪の中では、『なんでもできる人』というイメージだ。

そして、さっきまで前のめりになっていた真中総悟は、プログラマー。元々桐島と同じ会社で働いていたそうで、彼が独立する際についてきたという。

年齢は三十歳ということだが、丸顔の童顔であるため、幼く見える。

小雪は、彼を前に、小さく笑った。

「真中さんはいつもリアクションが大きすぎますよね」

「えーっ、だって、鈴宮さんが、溜めるような話し方をするからさ」

「溜めたつもりはなかったですけどね……」

今は画像を確認しながら話しているため、どうしても途切れ途切れになってしまう。

『musubi』の主な仕事は、商業デザイン全般、広告作成、企業や市町村が発行する冊子などの制作を請け負っている。

今手掛けているのは、約二か月後の三月二十四日に開催されるイベントで、仕事は大詰めだった。

『春を呼ぶ音楽祭』というイベントであり、大通公園の野外ステージで開催される。

イベントに先駆けて、特設サイト、フリーペーパー、広告などの制作と運営を担当している。

この企画の発端は北海道出身の指揮者が、海外の指揮者コンクールで優勝したことによるもの。

優勝を決めた曲がリヒャルト・シュトラウスの『メタモルフォーゼン』だったため、イベントのコンセプトは、『メタモルフォーゼ（変容）』に決まった。

それに合わせてイベントの特設サイトでは、著名人の『メタモルフォーゼ』にまつわるエピソードを掲載している。

そのためかオフィスの話題が『変容』に関することに偏りがちであり、小雪も自分の身に起こったことを伝えていた。

小雪は今、サイトに掲載する写真を見やすく加工し、配置する作業をしている。

話しながらできる作業だが、どうしてもお喋りの方が疎かになった。

途切れ途切れに話していたため、真中が焦れったくなったのだろう。

小雪は躊躇いがちに口を開く。

「少し不思議な出張カフェに行った時に、そこで店員さんに問われたことが、ずっと自分の胸に残っているんですよね」

「不思議ってなにが？」

その質問に対しては、曖昧（あいまい）な笑みを返した。

何が不思議なのかというと、夢か現（うつつ）か判断がつかなかったのだ。

亡き父が現われたり、気が付くと場所が変わっていたりと、どう考えても現実の出来事とは思えない。

それでも、ところどころ夢とは思えないほど、ハッキリと覚えている。

何より問いかけられた言葉が、刻み込まれていた。

あの言葉のおかげで、自分は救われたのだ。

——あなたは、ご自分の『本当の願いごと』を知ってますか？

心の奥底からの願いごとを見付けるのは、まるで深海の底に沈む宝箱を見付けるように、そう簡単なものではなかった。

表面上の願いならば、いくらでも出てくる。

宝くじに当たりたい、世界一周したい、そんな夢のような願望から、条件の良い会社に就職したい、素敵な人と出会って結婚したいという切実なものまで。

それらの願いは、もちろん嘘ではない。

だが、自分の『本当』の願いごとかと問われると、ずれが生じるのだ。

ようやく見つけ出しても、その宝箱を開けるには鍵が必要であり、その鍵はきっと各々（おのおの）違っている。自分にとっての鍵は、『心に嘘をつかないこと』だった。

中に隠されていた願いごとを見つけ出したことで、自分は変わることができた。

「『本当の願いごと』かぁ……それって意外と分からないものかもしれないよね。ちなみに、鈴宮さんの本当の願いごとって？」

自分の願いをそのまま口にすることができず、小雪は言葉を変えることにした。

「シンプルなんですよ。『素直になりたい』ってことでした。私、それまでずっと自分に正直に生きられずにいたので……」

「それで、鈴宮さんは、素直になれたのか？」

と、それまで黙って話を聞いていた桐島が会話に加わってきた。

小雪は、はい、とうなずく。

「少しずつ。この会社に来られることになったのも、素直になれたお陰で」

真中が、えっ、と反応した。

「素直になれたお陰でここにいるって、どういうこと？」

ええと、と躊躇(ためら)いがちに小雪は当時のことを口にした。

［2］鈴宮小雪の回顧録

1

二〇二一年四月――。

その日は、嫌味なほどの晴天だった。

窓から眩しく差し込む光は、容赦なく胸を突き刺してくる。

世間の皆は、満開を迎えた桜に喜び勇んでいるというのに……。

「世知辛い」

はぁ……、とため息をついて、小雪はベッドの上に横たわった。

手にしているのは、マンションの契約がもうすぐ切れるという案内だ。

「もう、ここに住んで二年になるんだ」

と、小雪はワンルームマンションを見回す。

契約を更新するには、再び敷金等を納めなくてはならないという。

鈴宮小雪は、人材サービス会社に登録している、派遣社員だ。

これまでの職場、広告代理店で働き続けられたならば迷いもせずに更新しただろう。

だが、派遣の契約が切れたばかり。

次の派遣先も決まっていなかった。

専門学校でパソコン関連の様々な資格を取り、器用になんでもこなすタイプなため、これまでは派遣先に困らなかった。

契約期間が切れても不安を感じることもなかったのだが、今回ばかりは違っている。

不景気の波が、自分の足元まで届いてきたということか……。

「本当に、なんという世知辛さ……」

手の力を抜くと、案内の紙が顔の上に落ちてくる。

ふっ、と鼻息をかけると、紙はふわりと飛んで、ベッドの下に落ちた。

「あー、お金が欲しい。宝くじ当たらないかな」

狭いベッドの上をゴロゴロと転がって、ぴたりと動きを止める。

壁に掛けたコルクボードが目に入った。

『本当の願いごとを忘れない』

と、マジックペンで書かれたメモ紙が貼ってあった。

かつて『本当の願いごと』について、不思議なカフェのスタッフに問われたことがある。

「その時、私はなんて答えたんだったかな……」

ぼんやりとメモ紙に目を向けたまま、静かにつぶやく。

そうだ。宝くじに当たりたいと言ったのだ。

すると、彼女は少し申し訳なさそうにこう言った。

――ごめんなさい。そのお願いごとは、きっと叶わないと思います。

――『宝くじに当たりたい』というのは、本当の願いではなく、自分に向き合うことからの逃避だと思います。

逃避かぁ……、と天井を仰ぐ。

去年のクリスマス、小雪はとてもミステリアスな体験をした。大きな三毛猫のマスターと美しい店員たちが、美味しいスイーツを出してくれたのだ。

「たしか、『満月珈琲店』って言ったかな……」

本当に不思議だ、と小雪は息をつく。

何より不思議なのは普通に生活している時は、すっかり忘れていて、ふとした時にこうして思い出すのだ。

先日もそうだった。

三月末で契約が終了し、お世話になった職場の皆に挨拶をするという場になって、彼女の言葉を思い出した。

本当の願いは、口にするのも憚られるほどの本音だ。

〝赦されたい――〟

父は、自分が八歳の頃に事故で亡くなった。その日はクリスマスイブだった。父は道路に飛び出し、車に撥ねられたのだ。

おそらく娘のプレゼントを買うために、閉店間際の玩具店に入ろうと急いでいたのでは、と言われていた。

父が他界し、母は苦労するようになった。

それらはすべて、自分のせいだと思い込んだ。

そうしていつしか、自分を赦せなくなっていた。

何かを望むことや、幸せになるのを拒むほどに……。

だが、『満月珈琲店』のマスターやスタッフと出会い、自分のことを赦してあげよう、という気持ちになれた。

これからは、もう少し自分を大切にして、素直に生きていこうと誓い、決意表明のように『本当の願いごとを忘れない』と紙に書いて、コルクボードに貼ったのだ。

派遣社員として最後の挨拶の時、その時の気持ちが蘇った。

小雪は背筋を伸ばし、口角を上げてこう言った。

『様々な経験をさせていただけたこと、心から感謝しています。本当にありがとうございました。こちらでの仕事は楽しくやりがいがありました。ですので、できれば社員になりたいと密かに願っていました。それが叶わず残念ですが、ここで教わったすべてを糧に、次の職場でもがんばろうと思います』

そこまで言って、一拍置き、深呼吸をした。

いつもの自分ならば、ここで礼を言って、挨拶を終えただろう。

だけど今の自分は、以前と少し違っている……。

小雪は、自らを奮い立たせるように拳を握り締めて、話を続ける。

『私はもっと、広告の仕事がしたいです。またこのようなお仕事ができたらと思っています。ええと、皆さん、こんな私にお仕事のツテなどございましたら、どこにでも馳せ参じますので、どうぞよろしくお願いいたします！』

そう言って、深々と頭を下げた。

こんなこと、それまでの自分ならばできなかったことだ。

すがるようなことを言うなんて、恥ずかしい、カッコ悪い。

そんなふうにプライドが邪魔して、当たり障りのない挨拶だけをしてきた。

今も恥ずかしさには変わりなく、躊躇いはある。
言い終えた後も、頬が熱くて仕方がなかった。
それでも、本音を言えた勇気を称えたかった。
皆の苦笑を覚悟していたが、そうではなかった。
大きな拍手と共に、『何かあったら本当に連絡するよ』と口々に言ってくれた。
飾らない言葉は、人の心に届くようだ。
もちろん、その言葉を鵜呑みにするほど、世間知らずではない。
けれど、皆の温かい言葉がありがたかった。
何より、自分の殻を破れたことが嬉しかった。

自分の挨拶を思い出し、小雪はまた頬が熱くなるのを感じて、手で摩る。
「あの時、よく言えたよ、自分。がんばった」
むくりと上半身を起こして、ベッドに腰をかける。
再び、壁に掛けたコルクボードに目を向ける。
メモ紙の他には、家族の写真を貼っていた。
家族との写真は去年のクリスマス、そして年末年始に実家に帰った時の写真だった。
母と義理の父、二人の間に生まれた五歳の男の子——年の離れた弟、そして小雪が笑顔で写っている。

母は再婚して、幸せに暮らしていた。

義父も良い人で、異父弟もとても可愛い。

それなのに、自分は邪魔に違いないと、早々に家を出て、実家にもあまり帰っていなかった。いや、帰る勇気がなかった。

もし嫌な顔をされたら、と思うと怖くて仕方がなかったのだ。

だが、自分を赦すと決めた後、急に肩の力が抜けて、たまには実家に帰ろうという気持ちになった。

クリスマスに顔を出すと、母も義父も弟も本当に喜んでくれた。

『小雪も大変なんじゃない？　もっと私たちを頼ってね』

その時に言ってくれた母の言葉も思い出し、いやいや、と小雪は首を横に振る。

それで、本当に頼ったら困った顔をするに違いない。

「あー、また、私ってば、こういう風に考えてる」

くしゃくしゃと頭を掻き、ふぅ、と息をつく。

「…………」

足元に目を落とすと、マンションの契約更新の紙が落ちている。

もしかしたら、素直に頼っても良いのかもしれない。

長い期間ではない。少しの間だ。

小雪はおもむろにスマホを手にし、母にメッセージを書く。

『お母さん、三月末で派遣が切れたタイミングで、マンションの更新時期にもなってしまいました。次の職場が決まって、ちょっと軌道に乗るまでの間、実家のお世話になってもいいかな？』

そこまで書いて、何度も読みなおす。

そのままメッセージを送ろうとしたものの、もう一文付け足した。

『なるべく早くに出られるようにがんばるから』

ギュッと目を瞑り、えいや、とメッセージを送信した。

こんなことを送ったら、きっと困るだろう。

お義父さんと相談して、また返事するね——。

そんなメッセージが返ってきそうだ。

ピコン、とメッセージが届いて、小雪の肩が震えた。

恐る恐るスマホの画面を確認する。

『そろそろマンションの契約が切れる頃じゃないかと思ってたよ。小雪は大丈夫なんだろうか、ってお父さんとも心配してたんだ。いつでも戻っておいで。なるべく早く出るからなんて焦らなくていいから、好きなだけいてもいいんだからね。ここは、あなたの家なんだから』

そのメッセージを目にして、涙が滲んだ。

『ごめんなさい、ありがとう』、そうメッセージを送ろうとしたけれど、一度入力した『ごめんなさい』の文字を消して、『ありがとう』と一言だけを送った。

するとすぐに、

『なんもだよ』

と、母から返事が届いた。

この言葉は北海道弁で、『いいんだよ』『気にしないで』といった意味を持つそうだ。絵文字も何もついていないが、母が笑って言っているのが伝わってきた。

母は北海道出身で、亡くなった父と結婚した際に上京した。

母の両親――小雪にとっての祖父母は、随分前に亡くなっているので、今は北海道に身内はいない。

それどころか、小雪は北海道に行ったこともなかった。それなのに母から時折出てくる北海道弁には、懐かしいような気分になる。

そうして小雪は、実家へ身を寄せることになった。

小雪が帰った日は、すき焼きで歓迎会をしてくれた。

『なるべく早く、次の派遣先を見付けてもらおうと思っていますので、少しの間よろしくお願いいたします』

お辞儀をすると、義父が、いやいや、と首を横に振って言った。

『そんなふうにかしこまらずに、せっかく実家に戻ってきたんだから、この機会にゆっくり就職活動してもいいんじゃないか？』

小雪は、ありがとうございます、と会釈をする。

義父の言葉に甘えて、小雪は本腰を入れて就職活動をしようと決めた。

それでも自分の性格上、まったく働いていないのは、気持ちが落ち着かなくなるのが分かっている。

そのため、短い時間でも近くのバーガーショップで働くことに決めた。

そこは時間や休みの融通が利くので、都合がいい。

バイトをしつつ職業安定所へ通い、求人サイトに登録をした。

就職難といわれているが、募集をしている仕事先はそれなりにある。

だが、自分のこれまでのスキルを活かせる職場となると、グンと少なくなる。

何よりも採用されるかは別の話だ。

また、長いトンネルに入るような就職活動期に突入すると思うと気が滅入ったが、その過酷さは一度経験している。

今度は覚悟を持って臨めるだろう。

そう思っていたのだが、面接を受けては不採用の連絡を受け続けるのは、こたえるもの。やはり、簡単なことではなかった。

帰宅して、ため息をつきながら手を洗っていると、

「お姉ちゃん、今日は戦いどうだったの？」

と、幼い弟が、訊ねてきた。

キラキラした目に眩しさを感じて、小雪は思わず苦笑する。

弟には面接のことを『戦い』と伝えていた。

「うーん、がんばったんだけど、まだ勝てたかどうか分からないなぁ。まだまだ戦わないといけないかもしれない」

弟に話しながら、自分の心がすり減っていくのが分かる。

面接に落ち続けるなか、人材派遣会社から、『良い派遣先がありますよ』という連絡が来ていた。

そうなると、心がぐらぐらと揺れてしまう。

しかしフルタイムで働いたなら、就職活動する時間と心の余裕がなくなるだろう。

悶々としていると、弟が屈託のない笑顔を見せた。

「いっぱい戦ったら、レベルが上がるね」

その姿に、きゅんと胸が詰まる。

「そうだね。今はレベルを上げている時だ。がんばろう」

弟と共に、おう、と拳を振り上げた。

弟の無邪気な様子を見ていると、自分がいかに肩に力が入っていたかを思い知る。

少しリラックスして生活をしたい、と心から思った。

2

就職活動を始めて、二か月が経った。

すでに疲れきっていた心に、うるおいをもたらすニュースが届いた。

作家・二季草渉（ふたきぐさわたる）の作品が、映画化されるという。

二季草渉は、小雪が学生時代から読んでいる大好きな小説家である。

近年スランプなのか新作が刊行されず、残念に思っていた。そんな中でのメディアミックスの知らせに小雪の胸が躍った。

「もしかして、新作発売？」

思わず声に出して、映画の特設サイトを確認する。

今回、映画化が決まったのは、彼の過去の作品『鏡の扉』だという。

新作の話ではなかったのは少し残念だったが、既刊の映像化も嬉しいのはたしかだ。

『鏡の扉』という作品は時空を超えて男女が出会い、恋をするという、少し不思議なボーイミーツガールだ。

もちろん、この作品も読了している。

【映画化決定記念特別企画。あなたの不思議な体験を募集します】

特設サイトの一文が目に留まった。

「エピソードが採用されると、映画招待券、原作サイン本、表紙イラストのステッカーとかがもらえるんだ……」

景品につられたわけではない。ふと、思ったのだ。

「この機会に自分がした不思議な体験をアウトプットしてみようかな……」

小雪はすぐに、ノートパソコンを開いて、キーボードに手を伸ばす。

気が付くと一心不乱に、文章を綴(つづ)っていた。

去年のクリスマスに起こった出来事。

不思議なトレーラーカフェ『満月珈琲店』の大きな猫のマスターとスタッフたち、そして極上のスイーツ。

隣に座っていた男性の真実や、その不思議な体験を経て、自分を赦せる気持ちになれたこと……。

小雪は、夢中になって体験談を綴った。

――今宵も大きな三毛猫のマスターは、どこかでとっておきのメニューを振る舞っているのだろうか？


そんな一文で締めくくる。

小雪はキーボードから手を離し、ふぅ、と息をついた。

ふと、時計を見る。

深夜二時を過ぎていた。

「もうこんな時間。なんだか夢中になって書いてしまった……」

小雪は書いた勢いのまま特設サイトのコーナーに自分の体験記事を投稿した。

送った後に、ああっ、と額に手を当てる。

「ちゃんと文章のチェックしてなかった」

何より、自分のあんなあけすけな体験を書いて、送ってしまうなんて！

これが深夜テンション……。

パソコンを眺めながら、小雪は苦笑し、

「あー、もー、恥ずかしい」

ぐしゃぐしゃと頭を掻く。

少しの間後悔を引きずっていたが、眠気が襲ってくると、次第にどうでも良くなってきた。

まぁいいか、と開き直る。

「どうせ採用されないだろう。誤字にしたって、面接用の書類ってわけじゃないし」

寝よう、とベッドの中に潜り込む。

カーテンの隙間から、月が顔を覗かせていた。

あの時の三毛猫のマスターの顔のように、丸い月だった。

小雪は頬を緩ませて、おやすみなさい、と目を瞑る。

まさかこの投稿が私の人生を大きく変えることになろうとは、この時は夢にも思っていなかった。

3

「信じられない」

思いもよらないことに、小雪の投稿は採用された。

さらに驚いたのは特設サイトに掲載されて、二週間が経った頃だ。

その日は休日であり、小雪は自室のベッドに寝転がり、本を開いていた。

手にしているのは、二季草渉の旧作だ。

映画化をキッカケに彼の作品を読み返すようになっていた。

「やっぱりいいな、二季草渉……」

新刊出ないかなぁ、と洩らすと、ドアをノックする音が響いた。

どうぞ、と声を掛けると、弟がひょっこり顔を出す。

「お姉ちゃんっ」

部屋に入るや否や、弟はベッドに飛び込んでくる。

「聖(せい)は、いつも元気でいいね」

よしよし、と小さな頭を撫でると、弟は顔を上げて、小首を傾げた。

「お姉ちゃんは元気ないの？」

「うーん、少しね」

「戦いに負けちゃった？」

「負けっぱなし。覚悟していても嫌になっちゃうね」

「それじゃあ、もう戦い、やめたらいいのに」

弟の屈託のなさに、うっ、と言葉が詰まった。

「そういうわけにはいかないんだよねぇ……」

いつまでもバイトのままではいられない。

はぁ、と息をついていると、弟が、あのね、と口を開いた。

「ママが、お姉ちゃんを呼んでるよ」

「ちょっと、それを早く言ってよ」

小雪は弾みをつけて体を起こし、自分の部屋を出ると、「待って」と弟もすぐに後をついてくる。

小雪がリビングに顔を出すと、母がソファーに座った状態で、ああ、と振り返り、

「小雪に荷物届いてるよ」

と、食卓テーブルを指差す。

そこには段ボール箱が置いてあった。

「えっ、私に？」

ネットで買い物をした覚えはない。

荷物が届く予定はないんだけど、と少し警戒しながら送り主を確認する。

『「鏡の扉」製作委員会』

送り主を見て、小雪は、あっ、と声を上げた。

「そうだ。もらえるんだった」

「もしかして、懸賞にでも当たったの？」

目を輝かせる母を横目に、小雪は弾んだ声で答える。

「うん、そんな感じ」

「何が当たったの？」

「映画の招待券と原作サイン本にステッカー……だったかな？」

「それだけ？」

「それだけって……」

「だって、その割には、その箱重かったわよ？」

「重いものは入ってないはずだけど……」

小雪は訝り(いぶか)ながら箱を手にする。

たしかに、ずしりとした重さがあった。

「もしかして、原作本は図鑑なの？」

まさか、と笑う。

「それじゃあ、これ片付けるね」

と、小雪は、自分の部屋へ向かった。

部屋に入るなり、小雪は段ボールを机の上に置く。

そわそわしながら、ハサミを使って封を開けた。

中には映画の招待券が入った封筒、原作サイン本、ステッカーと約束されていた物が入っている。

その他に、手紙や紙の束も同封されていた。

「なに、この手紙と紙は……？」

小雪はぽかんとして送り状を手にする。

運営スタッフから、このようなメッセージが添えられていた。

『粉雪様
このたびは、「あなたの不思議な体験を募集します」コーナーに素敵なエピソードをご投稿くださいまして、ありがとうございました。

投稿を見た方から、粉雪様宛にたくさんのダイレクトメッセージとお手紙が届きました。

コーナーに届いたものは責任上、不審なものがないか中を確認させていただいております。そのうえで問題はないと判断しましたので、転送いたします。

サイトに届いたメッセージはプリントさせていただきました。

あらためまして、本当にありがとうございました』

粉雪というのは、小雪の投稿名だ。

あの不思議なクリスマスの夜に降った雪と、本名をもじってつけたもの。

小雪は狐につままれたような気持ちで手紙と紙の束を手に取る。
自分の投稿に、ここまでの反響があったなんて……。
信じられないような気持ちで、封筒を手に取った。
見ると、皆は丁寧に住所と名前を書いている。
場所に偏りはなく、北海道から沖縄まで様々なところから届いていた。
「それにしても、得体の知れない投稿者に住所まで明かすなんて……」
不用心ではないか、と小雪は苦笑して、今度はプリントされた紙を確認する。
『物語みたいで素敵でした』
『映像で観たいと思いました』
そんな感想が大半だったが、そうではないメッセージもあった。
『はじめまして、粉雪さん。あなたの投稿を見て、驚きました。
私もとてもよく似た経験をしたことがあるんです』
そんな書き出しに、小雪は息を呑み、紙に顔を近付けた。
小雪は、小一時間でザッとすべてのメッセージと手紙を確認した。
「……結構、読み応えがあったなぁ」
内容は、三通りに分けられた。

一つ目は、『素敵でした』という純粋な感想。

二つ目は、『このエピソードを膨らませて書いてみませんか？』や『このエピソードを原案に物語を書いても良いですか？』といった創作関連の提案。

三つ目は、『私も同じような経験をしました』という報告だった。

否定的な内容は、一切なかった。

おそらく運営の方で配慮してくれたのだろう。

メッセージはすべて嬉しかったが、『同じような経験をした』という報告は特に興味深かった。

もちろん、きっと違うだろうと感じたものも多い。

だが、中には、『この人も同じ体験をしている』と思わせるものがあった。

そういう人たちに共通していたのは、『記憶』だ。

『奇妙な話なんですが、あなたの投稿を見るまで、不思議なトレーラーカフェでの出来事をすっかり忘れていたんです』

この一文を読んだ時、小雪はしばらく呼吸を忘れていた。

やがて、大きく深呼吸し、他の手紙を確認する。

夢かと思っていた、不確かな記憶だった、と文面こそ違っても、記憶が曖昧なのが一緒だ。

運営スタッフは、これらの手紙をすべて読んだのだろうか？

もしすべて読んだとしたら、『このような不思議な体験を忘れるなんて、ありえるだろうか？』と訝しく思うかもしれない。

だが、同じ体験をした小雪には、記憶が曖昧な感覚がよく理解できた。

「そういえば、どうして私は覚えているんだろう……？」

小雪は腕を組み、少しの間、考え込んだ。

もしかして、と小雪は顔を上げて、壁に目を向ける。

小雪はあのカフェのスタッフに問われた言葉と、自分の奥底に隠されていた本心を絶対に忘れたくないと思い、『本当の願いごとを忘れない』と紙に書いて、壁に掛けたコルクボードに貼っていた。

その後、メモ紙を見るたびに、彼女の言葉を何度も頭の中で反芻してきたのだ。

「だから、今も覚えているんだ……」

しかし日常生活を送っていると、あの時の記憶が霧に包まれるように、薄れていき、不確かなもののように感じてくるのだ。

それはインパクトのある夢を見たのと似ている。

起きた後、しばらくは覚えていても、そのうちに忘れてしまう感覚に近かった。

小雪は手紙やプリントされた紙を手に持ち、

「たぶん、この人は私の『同志』。こっちの人は違うかな……」

と、同じ体験をした人だと思われるものと、違うと感じるものに振り分けていく。

一つだけ、他の人とは雰囲気が違っているものがあった。

北海道に住む中年の女性からの手紙だ。

その手紙には、自分の体験が一切綴られていない。

それなのに、同志だと感じさせたのだ。


『前略、粉雪様。

突然のお手紙、失礼いたします。

私は、札幌で［リラの館］という紅茶専門店と下宿屋を営んでいる者です。

きっとお若いであろうあなたから見れば、私はあなたのお母さんくらいの年齢だと思います。

粉雪さんの投稿を読んで、いてもたってもいられずペンを取りました。

私も若い頃、不思議な移動喫茶店に出会ったのです。

三毛猫のマスターと大きな月。

とても幻想的で、美しい光景でした。

自分は不思議な夢を見たのかもしれない、と思ったこともあります。

人に話す時は、自分が見た夢として伝えていました。

粉雪さんの投稿を知ったのは、店のお客さんから、「マダムが見た夢と似たような投稿が載っていたよ」と教えてもらったためでした。

私は、どうしてもあなたと会って、お話がしたいです。

下宿部屋が空いているので、いくらでも泊まっていただいて結構ですし、手前味噌ですが美味しい紅茶をご馳走いたしますよ。

ぜひ、札幌まで遊びに来てくださいませんか？』


手紙を読み終えて、小雪はすぐに［リラの館］を検索した。

すぐに札幌の円山（まるやま）公園の近くにある紅茶専門店がヒットする。

建物はレンガ造りの五階建てビルだった。

一階が紅茶専門店で二階からが下宿屋のようだ。

店内は観葉植物やハーブなどで溢れている。

昔は喫茶コーナーもあったようだが、今は茶葉の販売に留まっているようだ。

だが、紅茶の試飲などもできるコーナーがあり、常連客に根強い人気があるという。

「素敵だなぁ……」

ここに自分と同じ不思議な体験をした人がいると思うと、胸が躍った。

札幌に行きたい。

そんな想いが湧き上がってくる。

旅行に行ける程度の貯金はある。

だが、就職活動中の自分が、札幌なんて気楽に行けるものではない。

そんな立場ではないのだ。

行けるわけがない、と息をつきかけて、動きを止めた。

いつもこうして、『こうしたい』という気持ちを打ち消して生きてきたのだ。

実際に、行くか行かないかは、さておきだ。

『行きたい』という気持ちまで潰してしまうのは、良くないだろう。

「自分に素直になるんだった」

と小雪は大きく深呼吸する。

「私、札幌に行きたいです。行けたらいいな」

宣言するように言って、手紙に目を落とした。

「そして、他の同志たちのお話も聞いてみたい……連絡してみようかな」

小雪はつぶやいて、そっと微笑む。

その時、

「小雪、ご飯よー！」

一階から母の声がして、小雪は弾かれたように、顔を上げた。

「はーい」

大きな声で返事をして、手紙と紙の束を机の上に置き、部屋を後にした。

4

それから小雪は、同志との連絡を試みることにした。

まずは、『SERIKA』という女性にメールを送ろうと決めた。

SERIKAは、無論ペンネームである。

彼女は京都在住のライターだという。

そうした職業柄か数あるメッセージの中でも彼女の文章は読みやすく、文面がしっかりしていたので、信頼が置ける気がした。

『はじめまして、SERIKA様。

突然のメール、失礼いたします。

［鏡の扉］特設サイトに不思議な体験を投稿した粉雪と申します。

同じような体験をしたというSERIKAさんのメッセージ、大変興味深く拝読いたしました。

ＳＥＲＩＫＡさんが出会ったのは、鴨川の河原だったんですね。

その光景が、まざまざと浮かびます。

きっととても美しかったことでしょう。

あらためて詳しいお話を伺いたく、こうしてメールさせていただきました。

もしよろしければ、お返事いただけると嬉しいです――』


書き終えて、小雪はメールの文面を読み返す。

「あやしくないかな、大丈夫だよね？」

独り言のように言って、勢いに任せてメールを送信し、

「バイトに行ってこよう」

と、立ち上がる。

返事が来るかどうかは、五分五分だと踏んでいた。

彼女がメールアドレスを記載していたのは、連絡が欲しい気持ちのあらわれだ。

だが、実際にメールが来ると戸惑うだろう。

もし、返事が来るとしても、時間がかかるかもしれない。

そう思っていたのだが、思いのほかＳＥＲＩＫＡからの返事は早く、その日の夜に届

いた。

夕食と入浴を終えた小雪は自分の部屋に戻り、そのまま机の前に座った。

パソコンを開き、届いたメールを見て、画面に顔を近付ける。

『粉雪様。

お返事ありがとうございます。とても嬉しかったです。

（中略）

本題ですが、何からお伝えしましょうか……私が不思議なトレーラーカフェ、「満月珈琲店」に出会ったのは、自分がドン底にいる時でした』

店名がずばり書かれていて、小雪はドキリとした。

粉雪の名前で投稿した体験談には、『不思議なトレーラーカフェ』としか書いていなかったのだ。また、最初にもらったＳＥＲＩＫＡからのメッセージにも、店名までは触れられていなかった。

不確かなものが、明らかになった気がして、小雪の鼓動が速くなる。

『その時は、四十過ぎて失恋をし、仕事も上手くいかず、と本当に最悪な時でした。何かに導かれるように河原に出ると、満月の下にトレーラーカフェがあり、大きな三毛猫のマスターが微笑んでいました。

今思い返しても、不思議な夢を見ていたような気持ちです。

そして粉雪さんの投稿を目にするまで、私はすっかり忘れていたのですから、奇妙な感じがしています。

その「満月珈琲店」ですが粉雪さんの投稿と同様に、こちらからはオーダーできず、マスターがとっておきのメニューを出してくれました。

粉雪さんの投稿を見て、「満月珈琲店」を思い出せたのですが、どんなメニューを出してくれたのかまでは、なかなか思い出せずに苦労しました。

ですが、たまたま入った、私好みのレトロなカフェでホットケーキを食べた時に、急に記憶がフラッシュバックしたんです。

そうだ、あの時、ホットケーキを出してくれたんだ、と――。

粉雪さんの体験と大きく違っているのは、スタッフです。

私の時はスタッフも猫でした（こう書くと、本当に童話っぽいですね）。

スタッフたちはマスターのように大きくはなく、普通の猫の大きさです。どんな猫だったか、うっすらとしか覚えていないのですが、黒と白のハチ割れがいました』

メールを読みながら、小雪は「へぇ」と洩らす。

小雪の時は、スタッフは、金髪碧眼のまるでハリウッド女優のような女性だった。

他にもスタッフがいたはずだが、よく覚えていない。

SERIKAのメールには続きがあった。

『粉雪さんの投稿を読んだ後、私は自分がした体験を反芻していました。

思えば、「満月珈琲店」に出会い、色んなことが上向きになってきた気がしています。

(まだまだ、試行錯誤を繰り返していますが)

流れが変わったのは、根本的に心の在り方が変わったためではないかと……。

少しずつですが、私は変わることができました。

いえ、元々の自分に戻れているといった方が良いのかもしれません。

かつて仕事が上手くいっていた時、私の趣味はカフェめぐりだったんです。でも、仕事が低迷し始めた頃から、私は意地になって節約をがんばるようになりました。

もう何年も、好みのカフェに入ることができなくなっていたんです……。

「満月珈琲店」での時間を過ごした後、私は自分の心を満たすことを大事にするようになっていました。

カフェにも行くし、部屋に花を飾るようになりました。

あの体験をちっとも覚えていなかったのに、マスターたちに教わった大切なことは自分の中に残っているのを感じています。

きっと、大切なことをマスターたちに教えてもらえたんだと思っています。

残念ながら詳しく覚えていないんですが、忘れてしまっていたのは、忘れる必要があるからなのかなとも……。

(心のどこかで頼ってしまいそうですよね。笑)』

その一文に、小雪の頬が緩む。

たしかに、『満月珈琲店』の記憶が残っていたら、つらくなった時、『もう一度出てきてください』と探し出しに行ってしまう人もいるかもしれない。

そして、とSERIKAは続けている。

『私は、なぜ、自分の前に「満月珈琲店」が現われてくれたのだろう、と考えるようになりました』

小雪は思わず、「なぜ……?」とつぶやく。

SERIKAはこう綴っていた。

『思い当たることは一つだけなんです。

昔、猫を助けたことがあるんです。

粉雪さんもそうした経験がありましたでしょうか?』

「……猫を助けた経験？」

小雪は、そんなことあったかな、と腕を組んだ。

猫は好きだが、自分の人生で、猫を飼ったこともなく、猫に関わった覚えがない。

「私はそういうんじゃないかな……」

ぽつりと独りごちるも、自分の中に引っかかるものがあった。

「他の人にも聞いてみたいな」

5

ＳＥＲＩＫＡとのやりとりを経て、小雪のやる気に拍車がかかり、勢いのまま他の人たちにもメールを送ることにした。

返信率は八割と高めであり、大阪に住むＩＴ起業家や、テレビ局のプロデューサーまでいた。

小雪は同志たちとメールでつながり、みんなの体験やその時におかれていた状況を詳しく知ることができた。

仲間との交流を楽しむことで、就職活動のストレスが緩和されていった。

［リラの館］の女性——彼女はマダムと呼ばれているという——とは手紙のやり取りを経て、電話で話すようになっていた。

マダムは匂わせはするものの、『実際に会って、お話ししたいわ』の一点張り。

就職活動も暗礁に乗り上げているし、いっそ気分転換に行ってしまおうか、と思っていた頃だ。

運命の電話がかかってきたのは……。

『鈴宮ちゃん、お久しぶり』

それは在職中、とても良くしてくれた市原聡美（いちはらさとみ）だった。

あのね、と切り出し、

『突然だけど、今も広告関係の仕事をしたいって気持ちはあるかな？』

探るように問う聡美に、小雪は前のめりで、はい、と答える。

彼女は、実はね、と話を続ける。

『以前うちの会社で働いていた私の上司が定年後に起業して、今小さな広告代理店を経営しているの』

はい、と小雪は相槌をうった。

『今日、その元上司と久々に電話で話す機会があってね、その時に「ようやく会社も軌道に乗ってきて今人手不足なんだ。広告のことから経理関係までマルチでできる人、誰かいないかな?』って聞かれて、咄嗟に鈴宮ちゃんの顔が浮かんで……』

えっ、と小雪は目を見開いた。

「本当ですか、嬉しいです」

僥倖に小雪の声が弾んだ。

あの時、恥を忍んで、お願いして良かった。

しかし彼女は、でも、と低い声で続ける。

『その会社が、札幌で……』

思いもよらないことに、小雪は思わず息を呑む。

「札幌……」

何よりも真っ先に、[リラの館]が頭に浮かんだ。

『伝えるかどうしようか迷ったんだけど、あの時、鈴宮ちゃん、「どこでも馳せ参じる」って言ってたから……もし、興味があるならって』

と、彼女は歯切れ悪く告げた。

その話を受けるということは、北海道への移住を意味する。

彼女が言いにくそうにするのも無理はないだろう。

『面接はリモートでもいいって。でも、気が進まなかったら……』

そこまで言いかけた彼女に、小雪は「いえ」と思わず遮った。

「ぜひ、お願いします。面接はリモートじゃなくて、札幌まで受けに行きます」

電話の向こうで、彼女が驚いている。

『いいの？　わざわざ札幌に行ったからといって、採用にはならないかもよ。元上司はいい人だけど、結構ドライだったから』

「はい。もし、採用してもらえたとしても土地が合わなかったら、つらくなるだけですし、実際に行って雰囲気を確かめたいです」

今は便利な世の中で、ネットを通じて世界中至るところを動画等で観られる。

それなりに疑似体験できるが、画面越しでは伝わりきらないものもある。

それは、現地の空気だ。

風や匂いを感じたい。

そして、［リラの館］へ行きたいと思った後に、こういう話が来るのは、何かの縁だ。

自分の中で、大きな大義名分ができた。

親にも胸を張って、札幌へ行くことができる。

6

二〇二一年七月初旬――。

北海道の春は、四月というよりも、五月だという。

四月の時点ではまだ肌寒く、ゴールデンウィーク頃に花が咲き始める。

梅雨はなく、六月は爽やかな気候であり、今はまるで初夏のようだ。


「なんて誘惑の多い空港……」

そうつぶやいて、窓の外を眺めた。

北海道の地、新千歳空港に降り立った小雪は、空港から直接札幌市内まで行ける電車［快速エアポート］の中で、ふぅ、と息をついた。

新千歳空港は、北海道グルメを愛する者にとってパラダイスであり、トラップでもある。

どこを見ても北海道の銘菓が溢れ、海の幸てんこもりの魚貝類の店が目に入る。

まだ北海道の玄関口に着いたばかりだというのに、お土産を大量に買い込んでしまいそうになる自分を必死で抑えて、小雪は電車に乗り込んだのだ。

期待を裏切らない、木々の緑に広々とした大地が目に映る。

絵葉書で観るような、手入れされた美しさではなく、剝き出しの自然だ。

「なんだか、まさに北海道って感じがする……」

自分の目の前も開けたような気持ちになり、小雪は頬を緩ませた。

新千歳空港から快速エアポートに乗ると札幌駅までは、四十分弱で着く。

今回、小雪は円山方面へ向かうため新札幌で下車し、地下鉄東西線に乗り換えて、円山公園駅を目指した。

新札幌からは、約三十分で着いた。

飛行機に乗って、見知らぬ土地に降り立ち、電車を乗り継いでいく。

こんなことは、生まれて初めての経験だった。

小雪は案内掲示板の前に立つ。

スマホのアプリで地図も十分確認できるが、駅の掲示板には、独特の味があるものだ。

駅名からも分かるように、この辺りには大きな公園があり、動物園や球場、そして北海道の氏神と称される『北海道神宮』があるそうだ。

「すごく環境の良いところなんだ……」

しみじみとつぶやいて地上に出ると、ふっと緑の匂いが鼻腔(びくう)を掠(かす)めた。

ぐるりと周囲を見回してみる。

それなりに建物はあるが、犇(ひし)めき合っているわけではない。

こんもりとした山が見える。

「あれが円山かな？」

小雪は手庇(てびさし)をつくって、山に目を向けた。

近年は北海道も暑くなったという話だが、今は五月の晴れた日のようにカラッとしていて快適だ。

「ああ、心地いい」

パン屋やカフェ、レストランが目に留まる。

時間があれば、行ってみたいな、と小雪は弾むような足取りで、街を歩いた。

徒歩約七分。

「リラの館」は、すぐに分かった。

円山公園の入口付近に、煉瓦造りのビルがあり、一階が店舗になっている。

紅茶専門店ということだが、一見すると花屋にも見えた。

薄紫色のリラの花が、建物の周りを覆(おお)い尽(つ)くすように咲き誇っていたためだ。

ちなみに、リラとはライラックのこと。

全国的には五月頃に咲く花として知られているが、北国では七月に咲くこともあるという。小雪はこのことを後で知った。

まさかリラの花が咲いている様子が見られるとは思っておらず、小雪は建物を前に足を止めて、見入る。

「素敵……」

人を誘うほんのり甘い香りは、まるで自分を歓迎しているようだ。

小雪が感動していると、店から中年の女性がひょっこり顔を出した。髪を後ろに束ねていて、ブラウスにロングのスカート、その上にリラの花と同じ薄紫色のエプロンをつけている。

小柄で上品そうな女性という雰囲気だ。

「もしかして、小雪さん？」

はい、と小雪ははにかんで、頭を下げる。

「はじめまして、鈴宮小雪です。このたびはありがとうございます」

「こちらこそ、あらためてはじめまして。藤森光子(ふじもりみつこ)です。でも、マダムと呼んでね」

彼女は馴染みの客や下宿者たちに『マダム』と呼ばれていて、本人もそう呼ばれることを望んでいる。

会社の面接の約束を取り付けた時点で、小雪は彼女にも伝えていた。

マダムは好きなだけ無料(ただ)で泊まって良いと言ってくれたのだが、そういうわけにはいかない。

きちんと相応の宿泊費を支払うと伝え、二泊三日お世話になる。

「まあまあ、入って入って。今か今かと待っていたのよ」

マダムは、小雪の背中に手を当てて、店に入るよう促した。

外観は花屋のようだったが、店内は観葉植物ばかり。緑一色だ。

店の中心にテーブルと椅子が置いてあり、床にはスチールバケツが置かれていて、その中に様々な種類のドライフラワーが入っていた。バケツの取っ手の部分に値札が付いている。

カウンターの上には、色とりどりのドライフルーツが入った小瓶、スコーンが詰まった大きな瓶が並んでいる。カウンターの背面には、大きな棚があり、そこに茶葉が入った缶がずらりと並んでいた。

缶は、蓋(ふた)を捻(ひね)って開けるタイプで、赤や黒、金色、モスグリーンなどが見える。まるで、森の中にぽつんとある喫茶店に迷い込んだようだ。

小雪はそっと目を瞑り、息を吸い込む。

そして、この小さな森は、フルーツや花など様々な紅茶の香りで溢れている。

「ごちゃごちゃしててごめんなさいね。ああ、座ってね」

小雪は、座る前に、と紙袋の中から菓子折りを出した。

「あの、これ、東京のお土産です。紅茶に合うかもと……」

小雪が持参したのは、フランスの焼き菓子だった。

包みを見てマダムは、わぁ、と顔を明るくさせる。

「まぁ、ありがとう。ここのお菓子が気になっていたから嬉しいわ。札幌には出店してないんですもの」

良かった、と小雪は胸に手を当てる。

彼女が言うようにこのフランス菓子店は、日本では東京と大阪と名古屋にしか出店していなかった。

「ほんと、札幌もそれなりに都会のはずなのに出店していないお店が多いのよ。東京や大阪には全面降伏してるけど、名古屋や福岡にあって札幌にはなかったら、いつも悔しくなっちゃうのよ」

ぷりぷりしながら言うマダムを見て、小雪は思わず笑う。

「あら、ひがんじゃ駄目よね。今から紅茶を淹れるわね」

マダムはいたずらっぽく笑って、カウンターの中に入っていった。

小雪は、テーブルと椅子に目を向けた。

ガーデンで使われていそうな白い円形のテーブルと椅子だ。

椅子の座面には、赤いクッションが付いている。

小雪はそっと椅子に腰を下ろし、あらためて店内を眺めた。

天井にアンティークのシンプルなシャンデリアが吊り下がり、壁には『ふしぎの国のアリス』の絵が掛けられ、部屋の隅には、ランタンがあった。

「アリスが好きなんだ……」

白うさぎやチェシャ猫の置き物もあちこちに見える。

「そうなのよぉ」

横から声がして、小雪の肩がびくっと震えた。

マダムはにこにこ笑って、テーブルの上にトレイを置いた。

そこには、紅茶のポットとカップ&ソーサー、そしてスコーンが載っている。

手際よく紅茶を注いで、小雪の前に置き、

「不思議なカフェに招かれた私は、自分もアリスと同じだと思ったのよ」

そう言って、向かい側に腰を下ろす。

早速、話を聞けるのかと、小雪はごくりと喉を鳴らした。

ここに来ることになり、電話のやり取りを経ている。

その際、マダムに他の人からも『満月珈琲店』の話を聞いたことを伝えていた。

だが、マダム自身は、あなたに直接会った時に話したい、と詳しくは教えてくれなかったのだ。

「マダムは、どんな体験をされたんですか?」

そうねぇ、とマダムは天井を仰ぎ、話し出そうとして、弱ったように笑った。

「先に、小雪さんが他の人から聞いた話を聞かせてもらっていいかしら。その間に、頭の整理をしたくて」

今のマダムの気持ちが、小雪には伝わってきた。

自分がした不思議な体験をいざ話すとなると、何から話して良いものか分からなくなるものだ。

小雪は喉の調子を整えてから、話を始める。

「皆さん、私と似た経験をしているんですが、少し違うところもあって興味深かったです。私の場合は……マスターが大きな猫で、スタッフは人の姿をしていたんですが、スタッフも猫だった、という方も何人かいました」

まぁ、とマダムは目を見開く。

「私の時は大きな猫のマスターと、普通の猫が一匹だけだったわね」

「他にスタッフはいなかったんですか？」

「いなかったと思うわ……もう、随分昔のことだから」

マダムは頬に手を当てて、小さく息をつく。

「他の方は、私の投稿を見るまで、不思議な体験をしたことを忘れていたというんです。マダムはどうでしたか？」

そう問うと、マダムははにかんだ。

「私はずっと覚えていたわ。夢かもしれないと思っていたけど、夢だとしても絶対に忘れない、と心に誓ったのよね」

その強い口調が、小雪の心に響く。

自分も『絶対に忘れたくない』と思ったのだ。

「そして、他の人は、『満月珈琲店』に遭遇する以前に、猫や犬を助けた経験がある方が多かったんです」

私自身はないんですけど、と小雪は付け加えたうえで、マダムを見た。

「マダムは、小さな動物を助けた経験はありましたか?」

マダムは、そうねぇ、と苦笑した。

「猫を飼っていたけど、助けた経験はないわ。どちらかというと私が助けてもらっていたくらいで……」

マダムはそのことについては、あまり触れたくなさそうに目を伏せる。

思い出したくない過去なのだろうか?

マダムは、部屋の隅のランタンに目を向けた。

「小雪さん、小樽へは行ったことがある?」

いいえ、と小雪は首を横に振る。

「それじゃあ、小樽と言ってもよく分からないわよね」

「行ったことはないですが、写真を見たことがあります。特に運河は、ガス灯が並んでいて、素敵なところですよね」

一度行ってみたいです、と小雪はうっとりして、手を組んだ。

すると彼女は、少し可笑しそうに、ふふっと笑う。

「小樽運河が今のように美しくなったのは、近年のことなのよ」

「えっ……昔は違ったんですか？」

マダムは大きく首を縦に振る。

「そうよ、昔はあんなんじゃなかった。当時の運河なんてヘドロで臭くて誰も近付かなかったくらい」

「そうだったんですか⁉」

「今の感じになったのは、昭和六十一年頃だったかしら。随分素敵に生まれ変わったわよね。私もいまの運河は大好きで、時々遊びに行くのよ。特に夜がおすすめね」

小雪は話を聞きながら、頭の中で彼女の言葉を反芻する。

昭和六十一年ということは、一九八六年。

小雪にとっては、それでもずいぶん昔ではあるが、小樽運河は明治・大正時代から、今の感じだったのだろうと思い込んでいたため、驚きを隠せない。

でもね、とマダムはテーブルの上で手を組みあわせ、

「若い私にとって小樽は、運河という名所がなくても、とても魅力的な町だったわ。今はもうなくなってしまったデパートが三軒もあって、賑やかな商店街があって、都会的

でキラキラしていた」

そうそう、と少しだけ前のめりになる。

「『小樽ガラス』はご存じ？」

はい、と小雪はうなずいた。

「ガラス工芸の町としても知られていますよね」

「そうね。小樽のガラス工芸のルーツは、『浮き玉』と『石油ランプ』と言われている
わ。そこにあるランタンは、『石油ランプ』なの……」

そう言って、マダムはランタンを指差す。

小雪は何も言わず、相槌をうつ。

「私は小樽で育ったのよ」

今でも大好きな町……。

静かに囁いて、マダムは遠くを見つめるように目を細めた。

[3] 雲海のクラムチャウダーと銀河のフルーツティー

1

父の名は、藤森隆。貿易で財を成した実業家だった。

母の名は、藤森洋子。ピアノが得意で、ふんわりした雰囲気の優しい女性だった。

そして私、藤森光子は、そんな両親の許、とても甘やかされて育った一人娘だった。

家は、小樽市内の高台に建つ、洋風の一軒家。リビングには、グランドピアノがあり、私たち母娘は週に一度、ピアノの先生に来てもらって、習っていた。

休みの日は、母とハイヤーで買い物へ行き、帰ってきてお菓子作りをする。

欲しいものは難なく手に入り、気になった習い事はすべてさせてもらった。

ピアノ以外にも、絵画、バレエ、水泳——だけど、どれも続けられず、また次へと目移りする。

自分は、子ども心にも恵まれていると感じていた。

そんな当時の私にも、二つだけ、不満があった。

一つは、父の仕事が忙しく、滅多に帰ってこないこと。

学校行事やイベントの時にもいないことが多く、いつも父親が側にいる家庭が羨ましかった。

だが、「お父様は、仕事で日本だけじゃなく、外国にも行っているのよ」と言う母の言葉を聞くと、誇らしい気持ちになる。

実際、父が家に帰ってくると、海外の珍しいお土産をたくさん持ってきてくれた。

スイスのオルゴール、ロシアのマトリョーシカ、ベネチアのグラス、ハワイのチョコレート、ベトナムの可愛い刺繍が入ったポーチ、オーストラリアの木製ブーメラン。

そのブーメランには、『A.Fujimori』と彫刻されていた。

わが家にとって、父が帰ってくる日は、イベントだった。

母は朝からそわそわしながら、綺麗に身支度を整える。

私も可愛いワンピースを着て、父の帰りを待つのだ。

父は家に入るなり、両手にいっぱいのお土産を床に置いて、まず私を抱き上げる。

そして、こう言うのだ。

会いたかった、光子。

やっぱり娘は可愛いなぁ、と――。

私たちはそのまま外に待たせているハイヤーに乗って、小樽の町中へと向かう。

大国屋(だいこく)というデパートや都通りという商店街を見てまわり、目につく欲しいものを手あたり次第買ってもらい、夜は寿司屋に入って夕食を食べる。

その店は、若鶏の半身揚げも有名で、私は寿司よりも好んで食べていた。

満腹になった後は、またハイヤーに乗って、高台の洋館へ帰る。

これが、父が帰ってきた日の定番の流れだ。

何より楽しみな時間だった。

私がもう一つ、不満に思っていたのは、自分が一人っ子だということ。

他の家のように、妹か弟が欲しかった。

父と母が揃っている時に「妹か弟が欲しい」とお願いをすると、母は照れたように俯き、父は少し困ったような顔をしていた。

父はいつも朗らかに笑っている人だった。

私がどんなわがままを言っても、笑って流してくれる。

そんな父の困った顔を見るのは初めてで、私は驚いた。

このことはもう言わない方がいいのだろう、と子ども心に感じていた。

それでも、父なりに私の願いを叶えてやりたいと思ったようだ。

私が十歳になった日、家に可愛い子猫がやってきた。

白いふわふわの毛並みが美しい洋猫だった。

「お父さんが、光子の妹だよって」

母は優しく微笑みながらも、少し寂しそうに言う。

もしかしたら、母ももう一人子どもが欲しいと思っていたのかもしれない。

だけど私は、猫が来たことで、心が満たされた。

これからは、この子が妹だとはしゃぎまわった。

猫の名前は、ミィミィと鳴いていたのと、私の名前・光子と似た感じにしたかったので、「ミーコ」と名付けた。

ミーコは——それまで父が私に贈ってくれた、どんなプレゼントよりも嬉しく素晴らしい存在だった。

私は、ミーコを相手に妹にしたかったことをした。

ピアノやバイオリンを聞かせ、歌を歌い、絵本を読んであげた。

猫というのは、あまり顔に感情が出ない。

ミーコも同じで、いつも目をクリクリさせているのだ。

喜んでいるのか、迷惑しているのか、まったく分からなかった。

けれど、嫌がってはいなかったのだろう。

ミーコはいつも私の側に寄り添って、ふわふわの尾をぴたりとくっつけていた。

当時の私は、何不自由のない生活を送っていた。

しかし、そんな日々も長くは続かない。

十四歳で終わりを告げた。

2

――中学三年生の秋だった。

もうすぐ迎える高校受験のため、私は毎夜遅くまで机に向かった。

なんとしても、市内の優秀な公立高校に入学しようと思っていた。

というのも、父の体調が最近芳しくないようだったのだ。

出張で東京に行ったついでに大きな病院で診てもらうと言ったきり、家にも帰ってきていない。

母はいつも不安そうにしている。

心労が祟(たた)ってか、病に伏せがちだった。

自分が良い高校に合格したら、きっと父も母も喜んで元気になってくれるだろう。

入学式には、きっと家族が揃うはずだ。

そう信じていたのだが、それは叶わなかった。

その日は、突然やってきた。

私が学校から帰ってきて家のドアを開けるや否や、いきなり後ろから私を押しのけて、中年の女性と大学生とおぼしき青年が家に上がり込んだのだ。

「ちょっと、人の家に勝手に入らないで」

私が叫ぶと、中年女性は鬼の形相で睨み返した。

「それはこっちの台詞よ！　誰の家だと思っているの？」

思いもしない返しに私が戸惑っていると、騒ぎを聞きつけた母が、どうしたの？　とリビングの扉を開けた。

次の瞬間だ。中年女性は、土足のままズカズカと上がり込んで、母の頬を思いきり平手打ちした。

母をかばいたい気持ちはあるのに、私は驚きから微動だにできず、彼女がもう一度手を振り上げた時、一緒にいた青年が、「母さん、やめろよ」と制した。

この人は息子なんだ、と混乱しながら、ぼんやり思う。

母は俯いたまま、叩かれた頬に手を当てている。苦々しい表情を浮かべるも、押し黙っていた。

なぜ、母は抵抗しないのだろう？

どうして、されるがままなのだろう？

頭の中で疑問がぐるぐると渦巻くも、異様な雰囲気に言葉が出ない。

部屋が、シンと静まり返る。

沈黙を破るように、

「ねぇ、あなたも藤森さんって言うんですってね」

と、中年女性は侮蔑（ぶべつ）の表情で言った。

あなたも、とはどういうことなのか……？

母は俯くばかりで何も反応しなかった。

「クラブで歌っていたとか。そして、たまたま、うちの人とあなたは同じ苗字だった。

あの人も姑息（こそく）よねぇ。遠くに住む同じ苗字の女を囲って、もう一つの家族を築くなんて
……」

はっ、と彼女は鼻で嗤（わら）う。

言っている言葉は、ちゃんと耳に入ってきているのに、理解ができなかった。

「何か言うことはないの？」

母の肩が小刻みに震えている。

私の体も震えていた。

「十数年、人のものを奪ってきたんでしょっ？」

俯いたまま蚊の鳴くような声で、ごめんなさい、と囁く。

それが彼女の怒りに触れたようだ。

「そんなんで済むと思ったわけ？」

金切り声で母の髪をつかんで引き倒し、馬乗りになった。

まったく信じられないわ。

同じ苗字なのをいいことに正妻のような顔をして、子どもまで生んで、何年もここで生活をしていたなんて。

このまま一生、のうのうと生きていくつもりだったの？

彼女は目を剝き、母の体や頭を床に叩きつけながら罵倒する。

「母さんっ」

息子に取り押さえられた彼女は、はあはあ、と肩で息をしていた。

母は鼻血を流していて、目に涙を浮かべながら、両手を床につける。

ごめんなさい、本当にごめんなさい、と頭を床にこすりつけるようにして謝りながら、恐る恐る顔を上げた。

「こんな……こんなことを聞く権利はないって分かっているのですが、もしかして、あの人の身に何か……？」

はあ？　と中年女性は声を裏返す。

「どこまで、図々しいの？　そんなこと教えないわよ」

だが横で、息子が冷静に答えた。

「父は倒れて、入院しました」

彼女は舌打ちをするも、すぐに気を取り直した様子で、母を見下ろした。

「彼はどこで倒れたと思う？」

えっ？　と母は眉根を寄せた。

「銀座のマンションよ。あの人はね、あなた以外にも他に女を囲っていたの。愛人は自分一人だと思っていた？　あなたは何番目だったのかしらね？」

そう言って彼女は、狂ったように笑う。

私は、これまでのやりとりを一歩離れたところで眺めていた。

混乱していた頭が妙に冷静になっていく。

父の名前は、藤森隆。

母の名前は、藤森洋子。

そして私は——藤森光子。

なんの疑いもなく、わが家は「藤森」だと信じていた。

それは間違いではない。

ただ、父と母の苗字が、たまたま同じで、籍は入っていなかった。

父には、他にちゃんとした家庭があった。

母は愛人で、私は愛人の娘だったのだ。

衝撃の事実に、愕然（がくぜん）とした。

だが、一方で、これまで漠然と疑問に感じていた、数々の謎が少しずつ解けていく気がした。

父は、出張続きで、なかなか家に帰って来られなかった。

それでも普通は、クリスマスや年末年始、お盆は帰って来るものだろう。その期間、父は顔を見せたことがないのだ。

これまで一度も、だ。

その代わりにクリスマス前と、年が明けた後、お盆が終わった後に帰ってくる。

少し申し訳なさそうに、たくさんのお土産を持って……。

「母さん、もうやめろよ」

「彰（あきら）、あんただって悔しいでしょう？　お父さんがこんなに遠く離れたところで、もう一つ家族を持っていたなんて！」

青年の名前は、アキラといった。

彼は、私の異母兄ということだ。

ふと、昔もらったオーストラリアのお土産のブーメランを思い出した。

それに『A.Fujimori』と彫られていたのだ。

父の名前はタカシで、母はヨウコ、私はミツコだ。

なぜ、「A」が付いているのだろう?　と不思議だった。

なんのことはない、あれは息子に買ってきたお土産だったのだ。

息子に渡すはずのものを間違えて、私に持ってきたのだろう。

やっぱり娘は可愛いなぁ、と笑っていた父の顔と、弟か妹がほしいと頼んだ時の父の困った表情が頭を過る。

そうだったんだ、と急に欠けていたパズルのピースが埋まるように、すべてを理解できた。

「この家は売却しますから、今すぐ、出て行ってちょうだい」

ぴしゃりと言う中年女性に、母は目を見開いて、すがるように床に手をつく。

「い、今すぐは無理です。どうか……」

駄目よ、と吐き捨てる。

「今すぐ荷造りしてちょうだい。ああ、でも、うちの人が買ったものは、すべて置いていってくださいね。服の一枚から、下着に至るまで、ここに置いていって!」

「母さん、それは無理に決まってるだろ」

「あなたは黙っていなさい!」

見て、と彼女はリビングの中心に行き、ピアノを叩きつける。

「うちにはない、こんなものまで！　あなたはここで気ままに楽しく生活してきたんでしょうね」

彼女はそのまま、バラが挿してある陶器の花瓶に目を向けた。

「私はね、毎日毎日あの人の病気の両親の世話をして生きてきたのよ？　それなのに、この女はピアノを弾いて花を飾って生活をしている。そんなの許せると思う？　許せないでしょう？」

花瓶を手で払い、うわああ、と泣き崩れた。

憎しみが募ると、涙に変わることもある。

悲痛な声を上げて泣く彼女の姿は、自分たちが罪人であるというのを気付かせるのに十分だった。

「分かりました、出て行きます」

そう言ったのは、母ではなく私だった。

遅かれ早かれ、もうここにいられないのは明白だ。

それならば、せめて潔く（いさぎよ）したいと思った。

3

そうして私たちは、そのまま高台の一軒家を出ることになった。

最初は下着の一枚も持って行くなと言っていたけれど、いざ出るとなったら、その程度は許してもらえた。

持ち出したのは、わずかな着替えと最低限の食器類、そして猫のミーコだけだ。

家を出る時、私は青年の前で足を止めて、『A.Fujimori』と彫刻されているブーメランを手渡した。

「きっと、間違えて私に渡したんだと思うんです」

そう言うと彼は、戸惑ったように瞳を揺らしながら、どうも、と受け取った。

その後、「これを」と、彼は私の手に押し付けるようにお札を握らせた。

自分の母に見られないよう、気を付けながら……。

私は、いらないです、と断りたかった。

だが、これからの生活を思うとそれもできず、会釈をしてその場を後にした。

それからの生活は、私にとって地獄だった。

元々、病に伏せがちだった母は、家を出てすぐに体を壊し、病院に入院することになった。

そして、私は、母の弟夫婦の家に預けられることになったのだ。

母の弟——私にとって叔父は、日高山脈の麓(ふもと)に広がる盆地に住んでいた。

「まったく、姉ちゃんも、玉の輿に乗ったかと思えば、まさか愛人だったとはな」

叔父も、母の実情を知らなかったそうだ。

私は元々、この叔父が苦手だった。

小樽にふらりと来ては、母に金の無心をしていたのを知っている。

叔母はにこやかで優しい人だという印象だったけれど、あれは外に向けた顔だったのだろう。

実際、世話になると違っていた。

「ねえ、なんで、うちがこんな子の面倒見なきゃいけないわけ？　猫まで連れてくるなんて、図々しい。そもそも義姉(ねえ)さんの入院費、一体どうするわけ？」

「まぁ、考えはあるよ」

叔父夫婦には、小さな子どもが三人もいて、明らかに私は邪魔者だった。

それでも、私は中学を卒業すると同時に新聞配達と皿洗いのバイトを始めることを条件に、なんとか高校に通わせてもらえることになった。

世間体もあったのかもしれない。

叔父は、これまでは自分の姉は金持ちと結婚して、小樽の高台にある立派な洋館に住んでいると自慢していたらしい。

「それが実は愛人だったらしいよ。正妻が乗り込んできた挙句追い出されたんだって。洋子さんは心労で倒れて入院して、娘を引き取ることになったって――」

私のニュースは、瞬く間に広まっていた。田舎の噂の伝達力は恐ろしいものだ。

遠く離れた地に来たというのに、私は好奇と侮蔑の目にさらされることになった。

学校でも『愛人の子』と虐められ、家に逃げるように帰る。

だが、家に帰っても休まることはなかった。

あの洋館では、ピアノを弾き、休みの日にはお菓子を焼き、母の美味しい手料理を食べる毎日だった。

当時の生活を思い出すと泣きたくなる。

今では、バイトに明け暮れて家に帰り、身を縮めながら生活をしているのだ。

そんな生活の中でも、ミーコは私の心の支えだった。

私はつらくなると、ミーコを抱いて、家を抜け出した。

冬の北海道は、凍えてしまうような寒さだ。

それでも真っ白に染まった大地や、木々が並列している様子を前にすると、寒さを忘れるほど目を奪われた。

強い風を遮るための防風林は葉を落とし、今は雪を花のように纏っている。

空気中の水蒸気が凍り付くと、陽の光に反射してキラキラと輝いていた。

「綺麗だね、ミーコ」

白い息が、雪原に同化して消えていく。

ここに来て良かったのは、ただ一つ。

見渡す限り、美しい自然が広がっていることだ。

広大な大地の向こうに見える山々を眺めていると、何もかもが小さなもののように感じて、心が落ち着きを取り戻せる。

家の中で小さくなって生活している分、この広大な景色の中に入ると、萎(しぼ)んでいたものが、元に戻っていく気がしていた。


そうして、私はまたミーコを連れて家に戻り、部屋の隅で時間をやり過ごすのだ。

皿洗いのバイトは、時々、気まぐれに賄(まかな)いが出る時がある。

そうしたこともあり、叔母は、「バイト先で食べてきているんでしょう?」と言って、バイトがある日は私の夕食の用意をしない。

一度、今日は賄いが出なかったというと、不機嫌になって当たり散らされたので、それからは何も言わず空腹に耐えた。

バイト代は、「家賃と食事代」と叔父に徴収され、自分の手許に残るのは、わずかばかりだ。

ミーコのご飯は、「あんたが勝手に連れてきたんだから、自分で用意しなさい」と言われていた。

自分は、身一つでいきなりやってきた厄介者だ。

叔母が正しいと分かっていても、やりきれない。

それでも、ミーコが私の心の支えだった。

自分のご飯もままならないなか、ミーコだけは飢えさせないように奮闘した。

気の休まらない毎日だったが、時おり息抜きできる時間があった。

叔父一家は、時々、隣町にある叔母の実家へ帰る。

そんな時は、昔のようにミーコに本を読み、歌を歌って過ごしていた。

そして、あの日が訪れた。

叔父夫婦がまた泊まりに行くと聞いていたので、私は弾んだ足取りでバイトから帰り、

「ミーコ、ただいま」と部屋のドアを開ける。

すると、叔父の姿があり、「おう」と答えた。

「叔父さん、どうしたの？」

「いやぁ、いつもおまえを一人留守番ばかりさせていたら、可哀相だろ？」

そう言って、伯父は私を舐めるような目で見た。

全身に鳥肌が走るような、嫌悪感を覚えた。

これまでも、こういう視線は感じていた。

気を付けなければならないと思っていた矢先のことだ。

叔父は、私と二人きりになる機会をうかがっていたのだ。

私は必死に抵抗をした。

学生鞄や辞書を手に取って投げつけ、手足を振り回して暴れるが、あっけなくつかまれてしまった。

頬を平手打ちされた時、ミーコが私の前に立ち塞がった。

フーッと唸り、飛び掛かって叔父の頬を引っかいた。

「なにするんだ、このバカ猫！」

ミーコはそれでも臆せず、叔父に牙を剝く。

「ミーコ、やめて。大丈夫だから。怪我をしちゃう」

騒ぎを聞きつけたのか、「おおい、どうしたんだい？」と近隣の住人がドアの向こうで声を上げた。

助かったと思った刹那、叔父は悔しそうに舌打ちし、

「このバカ猫が暴れたんだよ。川に捨ててやる！」

と、ミーコの首根っこを押さえてそのまま外へ出て行く。

「なにするの、やめて！　ミーコを離して！」

私が叔父の足をつかんで抵抗するも足蹴にされた。

慌てて立ち上がり、追い掛ける。

ミーコは叔父の車に放りこまれた。

「ミーコ！」

叔父は軽トラックに乗り込み、ぶおん、とエンジンを吹かせて、発進させる。すぐに車は見えなくなった。

きっと、本当に川へ捨てに行ったに違いない。

川原に向かって必死に走っていると、ややあって叔父の車が戻ってきた。

叔父は、私の横でぴたりと車を停めて、窓を開け、

「あのバカ猫は川に捨ててやったから。おまえも俺の世話になってるんだろ？　もう少し言うことを聞けよ」

と口を歪めて笑って、そのまま走り去っていった。

「ミーコが……」

私は泣くわけでも叫ぶわけでもなく、しばらくその場に佇んでいた。

ぷつんと、私の中で何かが切れてしまった気がした。

——私ももう死んでしまおう。

自棄になったわけではなく、ごく自然にそう思い、森へ向かって歩いた。

もう、陽は落ちて空は真っ暗だ。

それでも、今夜は、月が明るく、雪原が光って見えた。

俯いて歩いていると、ぼんやりとした柔らかい明かりが目に入る。

それは、月明かりとは、違っていた。

なんだろう、と私は顔を上げる。

雪原の上に、ランプが置かれていた。

それは、小樽で時々見かけていた石油ランプだ。

左右に等間隔で置かれていて、まるで光の道のように見えた。

「わぁ……」

光の道を歩いていると、その先にワゴン車がぽつんとあった。

夜空には、大きな満月が浮かんでいて、月の光がまるでスポットライトのように、車を照らしていた。

車の前には、『満月珈琲店』という置き看板があり、その傍らで大きな三毛猫がこちらを見て、微笑んでいる。

あれは、着ぐるみなのだろうか？

それとも夢でも見ているのか？

思えば、光の道に入ってから、ちっとも寒くない。

もしかしたら、自分はもう死んでしまったのだろうか？

自嘲気味に笑ってみる。

あらためて見ると、大きな三毛猫の手の中にずぶ濡れのミーコがいることに気付き、
私は目を見開いた。

「ミーコ！」

すぐ、大きな三毛猫へ向かって駆け出す。

この時、はじめて、私の目から涙が溢れ出た。

「良かった、ミーコ！　良かった！」

私は、大きな三毛猫の手から抜き取るようにして、ミーコを抱き上げる。

ミーコは私を見て、ミャア、と甘えるように鳴いた。

「ごめん、ごめんね」

ミーコは、私の顔に顔をすり寄せる。

まるで気にしないで、と言っているようだ。

「お嬢さん」

大きな三毛猫が、優しい声で言った。

何も言わず見詰め返すと、彼はにこりと目を細めた。

「はじめまして、お嬢さん。私はこの店のマスターです」

マスターはそう言ってお辞儀をする。私も戸惑いながら、会釈を返した。

「あの、ミーコを助けてくれてありがとう」

「こちらこそ、ありがとうございます」

なぜ、お礼を言われたのだろう?

小首を傾げると、マスターはミーコの頭を撫でて言った。

「あなたは、どんな状況になっても、うちの子を護(まも)ってくれました」

「うちの子って?」

そんな私の問いなど聞こえなかったように、マスターは、さあ、と両手を広げた。

「体が冷えたでしょう。お腹もすいてませんか? ぜひ、『満月珈琲店』自慢のとっておきのメニューを召し上がってください」

どうぞ、とマスターは、テーブルセットの椅子を引く。

「えっと、私にはお金が……」

いえいえ、とマスターは首を横に振った。

「どうか、お気になさらず」

私は躊躇いがちに椅子に腰を掛ける。

マスターは、車に戻ったかと思うと、すぐに戻ってきてテーブルの上に皿を置いた。焦げ茶色の深皿で、中には真っ白いシチューのようなものが入っている。

「クリームシチューだ」

「少し違っていまして、これはクラムチャウダーなんですよ」

そのためクラムチャウダーという料理は知っている。家を追い出されるまで、よく外食をしてきた。

「食べるのははじめて」

そうでしたか、とマスターは少し嬉しそうに言う。

「今朝、北海道の雲海をたっぷり集めて、ミルクにして煮込みました」

「雲海を？」

「ええ、こちらは、『雲海のクラムチャウダー』です」

ロマンチックな言い回しに、私の頬が緩む。

「すごい、美味しそう」

「どうぞ、召し上がれ。小樽漁港で仕入れた大きなあさりもたっぷり入っていますよ。そして、この子には温かいミルクを……」

そう言って、ミーコの前にはミルクが入った皿を置いた。

ミャア、とミーコは嬉しそうに鳴いて、ミルクを飲み始める。
その様子にホッとして、いただきます、と私は手を合わせた。
スプーンを持ち、クラムチャウダーをそっと口に運ぶ。
貝の旨味がギュッと詰め込まれていて、雲海のミルクが濃厚だ。
思わず、ほぉ、と熱い息が洩れる。
「どうですか？」
美味しいです、と答えたかった。
こんなに美味しいものを食べたのは、久しぶりだ。
お礼を伝えたいのに、言葉にならなかった。
体中に染み渡る温かさに心が揺さぶられて、涙が浮かんでくる。
うっ、と嗚咽が洩れた。
しん、と静まり返った夜の雪原に、私の泣き声が静かに響く。
もうずっと、泣くことすら忘れていた。
冷え切った頬に、涙が染みてヒリヒリと痛い。
ミーコが心配そうに、頭をすり寄せた。
「ごめん、ミーコ。大丈夫だよ」
袖で涙を拭っていると、マスターは黙って、ハンカチを差し出した。

すみません、と私はそれを受け取って、涙を拭う。

一度、深呼吸をして、口を開いた。

「私、天国のようなところから地獄に落とされて……自分だけじゃなく、ミーコまで酷い目に遭わされて……」

そこまで言って、息を吐き出す。

「もう、死のうと思ってここに来て……」

マスターは何も言わず、神妙な顔だ。

「お母さんと私が、向こうの家族に悪いことをしたのは……分かっているつもりだけど……それでもどうして、私だけこんな酷い目に遭うんだろうって。私は何も知らなかったのに……」

泣きじゃっくりで上手く話せなかったけれど、これまで溜め込んできた想いを洩らして、私は俯いた。

しばらく黙っていたマスターは、お嬢さん、と私を見詰めた。

「私は、この店のマスターであり、『星詠み』でもあるんです」

「……星詠みって？」

「占星術師といいましょうか」

突拍子もない言葉に、私はなんとなくうなずく。

「星占いのこと？」

「そうですね。ですので、今から占星術の話をさせてください」

こんな場面で……、と苦笑しながらも、星占いならば、星座を伝えておいた方が良いだろう、と私は申告する。

「私は蠍座です」

そうですね、とマスターはうなずく。

「あなたが言う蠍座は、太陽の星座です」

はあ、と私は間の抜けた声を出す。

「太陽以外に星座があるの？」

「そうなんです。太陽はあなたの表看板ですが、それがすべてではありません。太陽以外にも月の星座、水星の星座、金星の星座、火星の星座、木星の星座、土星の星座、天王星の星座、海王星の星座、冥王星の星座を持っています」

たとえば、表看板の太陽と、心を示す月の星座だけで見ても、分かることがあるんですよ――。

と、マスターは説明をした。

「出生図（ネイタルチャート）を見ると、さらに自分の様々な面を知ることができます」

そう言って、得意げな顔を見せる。

「ネイタル……?」

私が首を傾げていると、

「出生図は、生まれた瞬間の星の配置で、その人の取扱説明書です」

マスターはエプロンのポケットから懐中時計を取り出し、リュウズを押した。

その瞬間、夜空に大きな円が映し出される。

私は空を見上げて、わぁ、と洩らした。

「出生図を知ることで、自分がどういう面を持っているのか、どんな属性なのか、これまで気付かなかった、自分を知ることができます」

そして、とマスターは続けた。

「占星術は、現在の星の位置から今の運勢を読み解くこともできるんです。また、今後の星空を調べることで、未来の予測もできる。これを我々は『トランジット法』と呼んでいます」

トランジットと略しますね、とマスターは言う。

「トランジットは、『経過図』という意味でもあります」

まったく知らない分野の話だ。

私は戸惑いながら、あの、と首を捻った。

「出生図は、自分が生まれた瞬間の星空で、自分を知るための取扱説明書?」

「そうです」

「それじゃあ、その、『トランジット』というのは、未来を予知するためのものってことですか？」

うーん、とマスターは唸ってから答えた。

「予知というより、予測ですね」

さらに分からなくなり、私は顔をしかめる。

マスターは腕を組み、どう説明しようか、と考える様子を見せ、そうだ、と短い指を立てた。

「たとえば、出生図があなたの住所だとしたら、トランジットはその場所の天気予報のようなものなんです。今日に設定したら、今日の天気。同じように明日の天気、来年の天気と予測ができるんです」

――未来を予測できる。

もし、それができたら、自分の運命は変わっただろうか？

いや、と私は首を横に振る。

「それが何になるの？　天気を予測できても雨が降るのは、避けられないよね？」

自嘲気味に笑って言うと、マスターは、その通りです、とうなずいた。

「天候を知っても避けられません。でも分かっていたら、対策はできます。たとえば、もうすぐ雨が降ると知っていたら傘の用意ができます。これから嵐が来るのを知っていたら、吹き飛ばされないための準備もできるでしょう?」

それに、とマスターは続ける。

「今が嵐の中だと分かれば、納得できることもあります」

その言葉を聞きながら、私の中で何かが引っかかった。

マスターは私に、何かを伝えたがっている。

もしかして、と私は眉根を寄せた。

「……今の私は、嵐の中にいるってこと……?」

マスターは一拍置き、そっと首を縦に振る。

「トランジット(今の星空)の冥王星が、あなたの出生図の太陽にぴったり重なっているんです。こうして重なることを我々は、合(コンジャンクション)と呼んでいるのですが……」

言いにくそうにしながら、再び空に円を映し出した。


空を見ながらも、やっぱりよく分からず、私は自然と険しい表情をしていた。

「重なると、どうなっちゃうの?」

「その前に、冥王星の説明をさせてください」

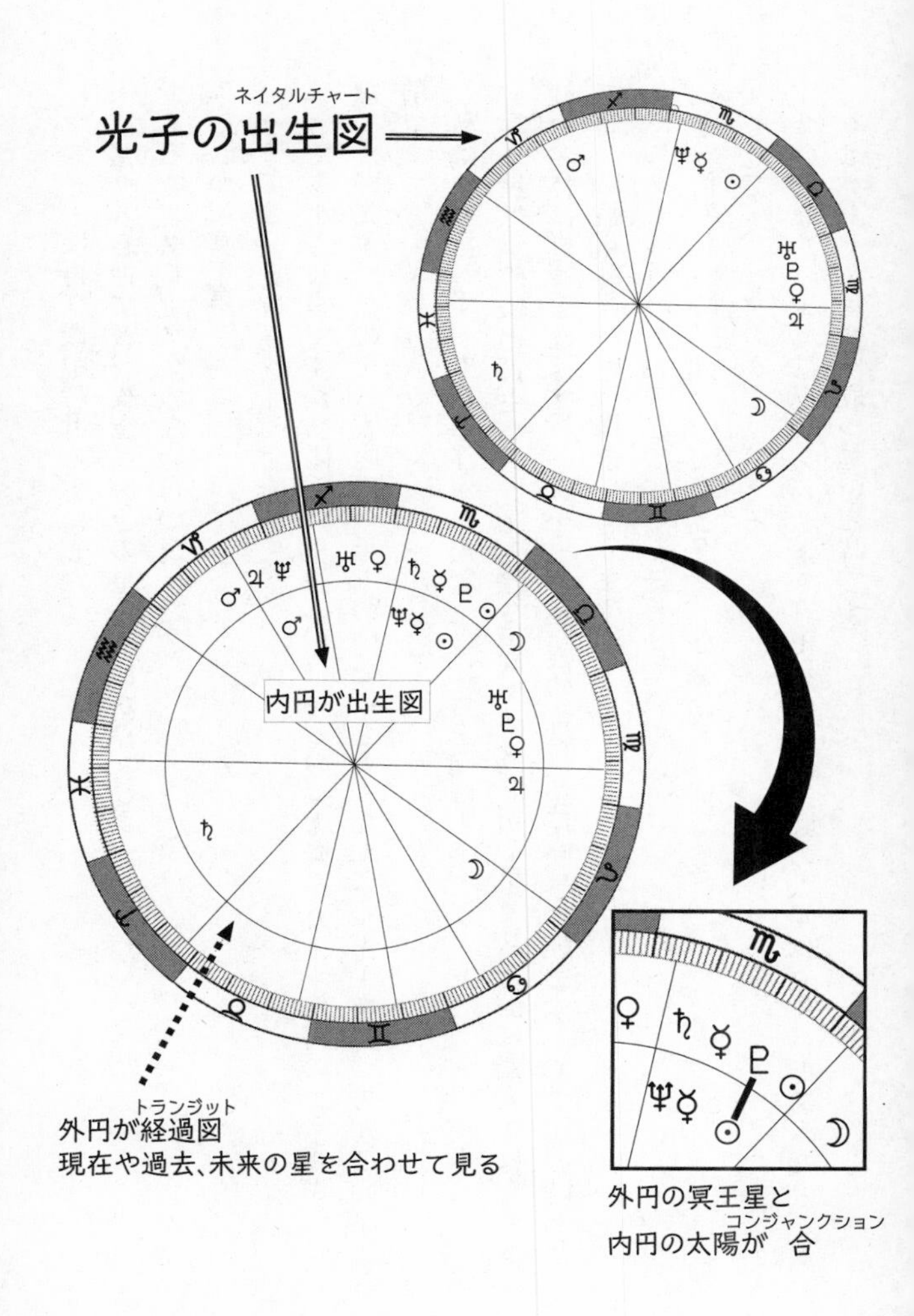
ネイタルチャート
光子の出生図
内円が出生図
トランジット
外円が経過図
現在や過去、未来の星を合わせて見る
外円の冥王星と
コンジャンクション
内円の太陽が　合

マスターは再び懐中時計を手にした。

リュウズを押すと、夜空に灰色の星の映像が浮かびあがる。

まるで、クレーターのない月のようだ。

「これが、冥王星？」

そうです、とマスターはうなずく。

「とても小さな星ですが太陽系の一番外側にいるので太陽系外——銀河のエネルギーを纏っています。そのため太陽系の星々の中で最も大きなエネルギーを持つのがこの冥王星です」

私は何も言わず、上空に浮かんだ冥王星に目を向ける。

「冥王星は『破壊と再生』、そして『死生観』などを司る星。冥王星の星座は、世代を反映しています。基本的に個人ではなく、社会全体に影響を及ぼす星。ですが、時として個人に強く働きかける場合もあります」

マスターの言いたいことは、もう伝わっていた。

「今の私みたいに、自分の太陽と重なった場合？」

そうです、とマスターは答える。

「今のあなたのようにトランジットの冥王星が、出生図の太陽にタイトであったり、もしくはハードな角度を取っている時です」

今度は上空に、円形が二重になった図が映し出された。

内側が私の出生図で、外側が現在の星空だ。

ちょうど、内円の太陽と、外円の冥王星がぴったりと重なっていた。

これが、タイトな角度だという、コンジャンクション。

また、ハードな角度というのは、九十度や百八十度を指すらしい。

角度の中で、もっとも影響があるのは、コンジャンクションだという。

こんなにぴったりと重なっているのだから、それはそうだろうと納得した。

「こんな風に冥王星と重なるとどうなるの？」

どのようなことが起こるのかは、人それぞれ違ってくるので、一概にどうなるとは言えないのですが、とマスターは前置きをしてから話す。

「冥王星は破壊と再生を司る星です。これまでのすべてがガラリと変わってしまうような出来事に見舞われる場合が多いです。ですので、まるで嵐の中に放り出されたような感覚に襲われもするでしょう」

その言葉を聞いた瞬間、ぶるりと体が震えた。

まったくもって、その通りだ。

私は高台の洋館に住む、裕福な家庭のお嬢さんだったのだ。

それが、とんでもない真実を突き付けられ、住む場所を追われてしまった。

私は、ああ、と顔を手で覆う。

「嵐が過ぎたら……、元に戻れる？」

いいえ、とマスターは首を横に振る。

「決して元の状態には、戻りません」

はっきりと言い切られて、私はさらにうな垂れた。

分かっていたことだ。

ピアノを弾き、絵画を嗜み、週末には母と一緒にケーキを焼いた。

父が帰ってきた日は、街へショッピングに行き、外食を楽しんだ。

そんな眩しい日々には、決して戻れないと……。

下唇を噛んで黙り込んでいると、ですが、とマスターは続けた。

「何度も言いますが、冥王星は破壊と再生の星です。元には戻れなくても必ず再生します」

私はゆっくりと顔を上げる。

「あなたは今、新しい自分に生まれ変わろうとしている時です。この嵐は、冥王星の果てしないエネルギーが強く注がれている時でもあります」

マスターはそっと私の肩に手を乗せた。

「もし、嵐の中に放り出されたら、あなたはどうしますか？」

え……？　と、私は顔を上げる。

家に帰ろうとするのだろうか、過ぎるまでジッとしているだろうか？

その前に……。

「風に、飛ばされないようにしたい」

そうですね、とマスターは大きく首を縦に振る。

「どうか、自分の足でしっかり立ってください。自分を律し、自分で立つ。それが、自律であり、自立なんです」

自立というと、親元を離れるのを指していると思っていた。

そうではなく、どこにいようと、自分の足で立つということ。

思えば今の自分は、心まで膝を抱えるようにして小さくなっていた。

「冥王星がぴったりと重なる嵐のような期間は、約二年間ほど。その間自分をしっかり持っていたら、嵐が過ぎた後すぐに歩き出すことができます。その時、あなたは大きなエネルギーを手にしています」

「……それは、冥王星のエネルギー？」

そうです、とマスターはうなずく。

「冥王星は覇者のエネルギーです。あなたのように出生図の太陽と重なる方は、そう多くありません。このことは、あなたにとっては、崖から突き落とされたような衝撃だったでしょう。ですが、あなたは選ばれ、そして自分で選んできたんです」

私は思わず苦笑した。

「……私が選んだ？」

とてもそうは思えない。

「今はとてもそんな気持ちになれないでしょう。ですが、いずれ分かる時が来ます」

私は納得できないまま相槌をうつ。

「何より乗り越えられる方だからこそ、課される大きな課題です。どうか、今は嵐であることを自覚して、乗り越えてください。太陽が蠍座のあなたは、大変な努力家で、粘り強さを持っています」

私は、そんな、と小さく笑って、こくりとうなずく。

「でも、ありがとうございます。マスターが言ってくれたように、『嵐なら仕方ないや』って気持ちになれました」

大きな船が転覆して、小舟に乗り換えたのだ。

それでも、私は航海を続けなくてはならない。

もう二度と同じ船に乗れなくても、新たな地を探して、がんばらなくてはならないのだ。

腹の奥底から、気力が湧き上がってくるのを感じた。

これまで、部屋の隅に身を潜めるようにして生きてきた。

何を怯えていたのだろう。

堂々と立って、しっかり自分の人生を歩まなくてはならない。

強く決意をして、拳を握り締めた。

皿に残っていたクラムチャウダーをすべて平らげて、美味しかったです、と顔を上げた時、マスターの姿はなくなっていた。

「マスター？」

周囲を見回しながら呼びかけていると、どこからか紅茶の香りが漂ってきた。

気が付くと、テーブルの上に大きなガラスのポットとガラスのカップ&ソーサーが置いてあった。

ガラスのポットには、琥珀色の紅茶が入っている。さらにその中にレモンやオレンジ、イチゴなどのフルーツがぎっしりと詰まっていた。

なんて素敵なんだろう、とガラスポットに顔を近付ける。

その時、

「こんばんは」

マスターとは違う声がして、驚いてあたりを見回すと私の足元にグレーの毛並みが美しい猫が前足を揃えて座っていた。

瞳の色は、まるでさっき見た冥王星の色のような、シルバーだった。

私が何も言えずにいると、グレーの猫は後ろ足で立ち上がり、器用にガラスポットの取っ手を持って、ガラスのカップに紅茶を注ぐ。

「嵐の中にいても、休息は必要です」

どうぞ、とグレーの猫は、私の前にカップを置いた。

私はぎこちなく、どうも、と会釈をして、カップを持って、そっと口に運ぶ。

蒸気と共に紅茶と果実の香りが鼻腔をくすぐりながら、喉を通っていく。

紅茶の渋みと、果実と、ほんのり感じる蜂蜜の甘さが溶けあっていた。

「美味しい紅茶……」

それは良かった、とグレーの猫は目を細める。

「これは、宇宙を旅した際に出会った星々で摘んだ果実と満月の光を蜜にして紅茶に閉じ込めた、『銀河のフルーツティー』です」

マスターに続いてロマンチックな言い回しだ、と私の頬が緩む。

紅茶を飲んでいると、私の隣に寄り添ってミルクを飲んでいたはずのミーコが、いつの間にかグレーの猫の隣に座っていることに気が付いた。

私が顔を上げたタイミングで、グレーの猫が口を開く。

「今、彼女と話をしていました」

「ミーコと？」

「ええ。彼女は、あなたのことが大好きで、とても大切ですが、我々と共に旅をしてみたいと言っています」

え……、と私は戸惑いながら、ミーコを見た。

「ミーコ、本当に？」

これまで表情がなかったミーコだが、今ばかりは違っていた。

少し申し訳なさそうに、それでも清々しい表情で、こくりとうなずいている。

ミーコは私にとって、かけがえのない存在だ。

心の支えだった。

できれば、ずっと側にいてほしい。

でも、ミーコが行きたいと言うなら、私は応じてあげたい。

私はミーコの姉なのだから……。

目に涙が滲んだが、それをこらえて、そっか、と私は笑顔を作る。

「行ってらっしゃい、ミーコ。素敵な店員さんになってね」

私は手を伸ばし、ミーコの耳から顎のラインに掛けて、よしよし、と撫でた。

ミーコは私の掌に顔をすり寄せるようにしながら、ミャア、と鳴く。

いつまでそうしていただろう。

気が付くと、私は大きな木に寄りかかるようにして座っていた。

『満月珈琲店』のワゴン車も大きな三毛猫のマスターもグレーの猫も、ミーコの姿もなく、先ほどまで雪原を照らしていた石油ランプもなくなっていた。

「マスター？　ミーコ？」

しばらくその辺りを彷徨(さまよ)って、ワゴン車を探したが、跡形もない。

もう、出発してしまったのだろう。

別れは悲しかったが、マスターたちと一緒にいるのならば、という安心感もあった。

すべてが夢だったように感じるが、はじめて食べたクラムチャウダーの濃厚な味も、美味しいフルーツティーも、マスターに教えてもらった星の話も、しっかりと自分の中に残っている。

冷たい空気に身をすくめ顔を上げると、空はもう明るくなり、朝を迎えるところだった。

4

家に帰ると、叔父が血相を変えて、私の許に駆け付けた。

「遅かったじゃないか、どこに行ってたんだ！」

あんなことをしておいて、あたかも心配げに言う叔父に苦笑いが浮かぶ。

叔父さん、と私は睨みつけた。

なんだよ、と叔父は少し怖じ気づいたように、こちらを見詰め返す。

「もし、また同じようなことがあったら、私は躊躇なく助けを呼ぶ。警察だって呼ぶ。叔母さんにも言うし、必要に応じて、叔父さんを刺してもいいと思ってる」

はあっ？　と叔父は声を裏返す。

「世話になっておいて、何を言ってるんだ！　このごく潰しが」

「そうだよね。私は邪魔だよね。だから私、施設に行こうと思うんだ」

私にとって、その方が安全だ。

本気でそう言うと、叔父は弱ったように目を泳がせた。

「いや、おまえがいなくなるのは、世間体が悪いんだよ」

「別に、私はお母さんのところに戻ったって、嘘を言えばいいじゃない」

いや、まぁ、と叔父は歯切れ悪く、頭を掻く。

「悪ふざけがすぎたよな。もうしないから、ここを出て行くなんて言うな」

その言葉と様子に、ピンときた。

叔父は、父と連絡をとりあって養育費をもらっているに違いない。

もし私の身に何かあれば、仕送りは断たれるのだろう。

「ねぇ、叔父さん。今後、私に何かしようとしたら、お父さんに連絡するから」

えっ、と叔父は、顔色を変える。

「連絡が、あったのか？」

「……電話をしたの。今回の叔父さんのことはまだ言ってないから、安心して」

これは嘘だったが、叔父はすっかり信じたようだ。

それでね、と私は話を続ける。

「私は、お父さんと約束したの。勉強をがんばるって、奨学金をもらってでも大学に入るからって。叔父さん、その邪魔をしないで」

「………」

叔父は舌打ちだけして、何も言わずに私に背を向けた。

私の本気が伝わったのか、叔父はそれからもう二度と、私に手を出そうとはしなかった。

あの日から、私は変わった。

自覚するほど、強くなったと思う。

心が変わると、相手の態度まで変わってくる。

叔母も、叔父に何かを言われたのか、ちくちく嫌味を言わなくなった。

以前は、周囲の陰口や噂話にいちいち傷付いていたけれど、気にしても仕方ないと割り切って、ただひたすらに勉強に打ち込んでいると、やがて心無い言葉も耳に届かなくなる。

家庭の事情なんて気にしない、と言ってきてくれる子もいて、友達になれた。

自分を律し、自分の足でしっかりと立つ。

嵐を感じるたびに自分に言い聞かせてがんばり、私は志望していた国立大学の合格を勝ち取った。

*

「――それが、私の体験した『満月珈琲店』での出来事」

マダムは長い話を終えたあと、ゆっくりとカップを口に運んだ。

思った以上に壮絶なエピソードで、小雪は言葉を失くしていた。

そんな小雪を前に、マダムは、ふふっ、と笑う。

「当時は、『トレーラーカフェ』なんて言葉を知らないから、『ワゴン車』だと思っていたのよね」

ようやく小雪も緊張が解けて、口角を上げた。

「大変だったんですね……」

マダムは、そうね、と天井を仰いだ。

「奥様には、ずっと疎まれていたけど、異母兄は良くしてくれたのよ。たった一人の妹だって、母親に内緒で色々サポートしてくれた」

その言葉を聞いて、小雪は少しホッとした。

「そしてね、今になって、マスターが言っていたことが分かるのよ」

小雪は黙って相槌をうつ。

「私が大学二年生のときに父が亡くなったの。父は私を認知してくれていてね。庶子の私にも莫大な遺産が入ったのよ。母のことも助けられた」

小雪は目を丸くした。

「もし、父が亡くなるまで何も知らずに、いきなり衝撃の事実と共に、多額の遺産を受け取っていたら、私はきっとおかしくなっていたと思うの」

大きな遺産が入るのも、また嵐のようなものよ、とマダムは苦笑する。

「だけど、私は先に壮絶な嵐を体験していたから、自分を見失うことなくいられたわ。これまでの長い人生、多感な時期にすべてを失ったあの衝撃を越すものはなかった。どんなことがあっても、自分を保っていられたわ。あの嵐は、その後を見据えての修行だったんだって、この齢になって思うのよ」

マダムは独白するように言った後、小雪を見た。

「父から受け継いだお金で、私は不動産業を始めたの。アパートやマンション経営ね。かつての私たちのように、突然家を失った人のための集合住宅を作ったり……。まぁ、色々あって今は、一番お気に入りのこのビルの一階で紅茶館をしながら、大家さんをやっているのよ」

小雪は納得して、大きく首を縦に振った。

「もしかして、紅茶館をされているのは、『満月珈琲店』の影響ですか？」

「そうなの。あの時、飲んだフルーツティーが忘れられなくて……。世界中の紅茶を集めて飲んだけれど、あの美味しさには敵わない。心の問題もあるんでしょうけどね。それなら、私も誰かの心を癒す紅茶を淹れたい、と思うようになった」

しばらくはここで紅茶喫茶をやっていたが、年齢を重ねたことで、今は茶葉の販売のみになっているという。

「マダムが淹れてくださった紅茶、とっても美味しいです」

良かった、とマダムは微笑む。

「ところで、小雪さん。面接はいつだったかしら？」

「明日です」

「もし、受かったら、この上の部屋が空いてるから、検討してね」

マダムの言葉が嬉しく、私の頬が熱くなった。

「ありがとうございます！　ぜひ、お願いしたいです」

前のめりになった後、あっ、と小雪は口に手を当てる。

「受かったらの話ですが……」

マダムは、ふふっ、と笑って言った。

「それじゃあ、今夜はお祝いの乾杯をしてしまいましょう。『予祝(よしゅく)』と言って、結果が出る前に、先にお祝いをすることで、良い結果を手繰り寄せられるものよ。そうそう、クラムチャウダーを作ったのよ。雲海は入れられなかったけど、大きなあさりはたくさん。きっと、美味しくできたと思うわ」

小雪は、嬉しいです、と笑顔で答えた。

［4］奇跡のルール

1

二〇二三年一月――

「そうして、マダムの下宿に泊まった翌日、私はここに面接に来まして、晴れて採用になり、今、ここにいるわけなんですよ」

小雪は、自分が札幌に来ることになった経緯を一息に話した。

もちろん、自分の話はしたが、マダムの過去については語らなかった。

あのエピソードは、きっと自分だから打ち明けてくれたのだろう。

真中は、そうだったんだぁ、と感心の声を上げた。

「それは、本当に不思議な体験だったね。そして、東京から、わざわざ札幌まで面接を受けにきてくれたのは、不思議な体験をした仲間に会いたかったのもあったんだ」

実はそうなんです、と小雪は苦笑する。

「いやぁ、当時社長は『わざわざ、東京から札幌まで面接に来てくれるなんて』って、少し申し訳なさそうにしてたけど、実はそういう裏話があったんだね」

小雪は、すみません、と肩をすくめた。

真中の言う通り、面接の際、桐島は何度も『リモートで良かったのに、わざわざ、すまないね』と言っていたのだ。

その時、小雪は『もし、これから働かせていただくことになるのでしたら、札幌の町を知っておきたかったので』と答えた。

この言葉は、もちろん本心だ。

それでも、少し申し訳ないような気持ちで、桐島に視線を送る。

彼は愉しげに微笑んでいるだけで、気にしている様子はなかった。

桐島は元々札幌出身で、その後上京して都内の広告代理店に就職し、定年まで働いた後、この札幌に戻ってきて、起業したという。

小さな会社だが、これまでの人脈もあり、仕事に困ることはない。

小雪がこの会社に就職して、一年半が経過していた。

マダムの申し出をありがたく受け取って、[リラの館]の二階に住み、ここに通っている。

仕事は忙しいが、充実した毎日を送っている。

クリスマスは仕事だったが、年末年始は実家に帰省した。北海道のお土産を山ほど持って帰るので、家族のみならず、近所の人にまで喜ばれていた。

「鈴宮さんは、自分に素直になって、『良い話があったらお願いします』って頭下げたり、実家に帰らせてほしいってお願いしたりしたことで生まれ育った町を飛び出して、遠く離れたこの北海道で働くことになったんだねぇ」

真中はしみじみと言った後、顔を上げた。

「これも、ある意味、『メタモルフォーゼ』だよね」

えっ？と小雪は目を瞬かせる。

マダムのエピソードこそ、まさにメタモルフォーゼだと思ったが、それに比べたら、自分の変化など、些細なものだ。

その心境を伝えると、いやいや、と真中は首と手を振る。

「俺ん家、親父が転勤族だったから子どもの頃は引っ越してばかりだったんだ。なんか、それまで作った人間関係や大切な約束なんかも強制終了して、次の土地に行かなきゃいけないわけ。その土地から俺という存在がいなくなって、俺がいる未来もなくなる。これって生きながら死んだのと一緒だよなぁ、なんて思ったことがあって。それまで、過ごしてきた場所が替わって、別の場所で生きるって、メタモルフォーゼなんだよ」

妙に説得力があり、小雪は感心した。

一見お調子者に見える真中だが、空気を読むのが上手で、すぐに人と仲良くなれる。それは、転々としてきたからこそ、得たものなのだろう。

「あのさ、その鈴宮さんのエピソードも記事にしない？」

ええっ、と小雪は声を裏返した。

「いや、その、私は著名人じゃないですし、私のことなんて載せたら、主催者に怒られますよ」

ぶんぶん、と小雪が首を横に振ると、そうかな、と桐島が口を開いた。

「著名人の話はたしかに魅力的かもしれない。だけど、身近じゃないんだよな。たとえば、今、記事にしている著名な音楽家の場合だが……」

小雪は何も言わずに、次の言葉を待つ。

「かつて、有名な指揮者がいた。彼はとても素晴らしい音楽家で、完璧主義だった。指揮者はオーケストラが自分が思うように演奏してくれないのが不満で、何度も衝突を繰り返していた。楽団員たちは、彼の中にある音楽を再現しようと努力をしたけれど、どうしても応えることができない。結果的に楽団員たちは彼についていけなくなって、ボイコットしてしまう。オーケストラに去られてしまった指揮者は、何もかも失ったと、ドン底まで落ち込んだ。だけど、その時に彼の中で、大きな気付きがあったそうだ」

「気付きって？」

と小雪と真中の声が揃う。

「まるで啓示を受けたように、『自分の音楽を表現したいなら、ピアノを弾けばいい』って思ったそうだ。そうして指揮者はピアニストに転向して、世界的に有名なピアニストとして大成した。もう亡くなってしまった音楽家のエピソードだが……」

でも、と桐島が続けた。

「そういった音楽家のメタモルフォーゼ・エピソードは、興味深いが、まったく共感できないと思わないか？」

たしかに、と小雪と真中は笑った。

「共感度ゼロですね」

「ええ、天上人の話っすもんね」

だろう、と桐島は相槌をうつ。

「鈴宮さんの今の話のように、ちょっとしたきっかけや勇気を出したことで、自分の中で化学反応が起こって、人生が変容するってあると思うんだ。そういう話って共感が得られるし、面白いと感じるんじゃないか」

桐島の言っていることはよく分かる。同意はするが、自分のエピソードが著名人と共に並ぶのは抵抗があり、小雪は曖昧にうなずく。

「別に名前や顔を出さなくてもいいと思うし、フリーペーパーじゃなく、サイトの方に掲載するかたちもいいと思うぞ。ああ、もちろん、無理強いはしない」

すぐにそう付け加えた桐島に、小雪は小さく笑った。

「顔や名前を出さないんでしたら、全然大丈夫です」

「それは良かった。今の話で良い記事書けそうな気がする」

その言葉に、小雪ははにかんだ。

「他にも、普通の人のメタモルフォーゼ・エピソード集めたいよな」

桐島のつぶやきを受けて、いいですね、と小雪は顔を明るくさせた。

『著名人の中に、自分だけ一般人』じゃなくなるのは歓迎だ。

「募集してみようと思います」

「おっ、頼めるか」

桐島と小雪が盛り上がる側で、真中は、やれやれ、と肩をすくめる。

「まーた、自ら仕事を増やすようなことをして。記事を増やしたところで、ギャラが増えるわけじゃないのに。そうやって、いいように使われてるんすよ」

そう言った真中に、いいんだよ、と桐島が笑った。

「飽くまでできる範囲でより良いものを作ることで、次の仕事につながるんだ。うちみたいな小さな会社は、取引先に『お値段以上の仕事をしてくれた』と思ってもらってこそだよ。その『お値段以上』の部分は、自社の仕事の宣伝だと思ってる」

その返答に、真中も納得したようだ。

「ま、仕事の宣伝なら、アリですね」

「真中さんって、結構単純なんですね」

「う、鈴宮さん、時々辛辣。ただ、俺は社長に心酔してるだけだから」

そう、真中は桐島が定年後、札幌で起業すると聞いて、『俺も連れて行ってください』と申し出たそうだ。

桐島は何も言わずに、目を伏せる。

「あっ、社長、照れました？」

「黙れよ、真中」

やっぱり照れてる、と真中が笑う。

いつものやりとりを前に、小雪も笑った。

ここに来ることになった時、『定年後のおじいさん予備軍が起業した小さな会社に行くなんて大丈夫？』と心配そうに言った友達がいた。たしかに、そういう意見もあるだろう。

しかし、やりがいがあり、話しやすい環境で、居心地も良い。

この会社に来られて良かったと、小雪は心から思っている。

あの頃に抱いた夢が叶ったのだ。

これも、不思議なトレーラーカフェ『満月珈琲店』のおかげだった。

2

その日の仕事を終えてビルを出て、顔を上げる。

目の前には、大通公園が左右に広がっていた。

今はちょうど雪まつりの準備中で、各所に雪が運び込まれていた。

今は雪の山だが、短い間に見応えのある雪像となり、全国から観光客が訪れるのだ。

「楽しみだなぁ」

小雪は頬を緩ませる。

社内の二人は、特に雪まつりを楽しみにしている様子はない。

以前、観に行くんですか？　と聞いてみたところ、

『通りかかる時になんとなく観るくらいで、わざわざ行くことはしないかな。寒いし、人が多いし』

『俺も最初の頃は行ってたけど、今や、夕方の情報番組で雪像をチェックするくらいかなぁ』

と、口を揃えて言っていた。

札幌に住んでいる人たちにとって雪まつりは昔から行われていることであり、物珍しさはないようだ。

小雪にとっては札幌に移住して、二回目の冬。

まだ、観光客気分が抜けていない。

それにしても、はじめて冬を迎えた去年は大変だった。

大はしゃぎで雪まつりに行くも、足元からしんしんとくる冷気がつらくて、小一時間も経たずに、引き返してしまったのだ。

帰り際に屋台で飲んだ、ホットワインの美味しさが忘れられない。

その後、すぐに北国仕様のダウンジャケットを購入した。

それだけで、随分寒さが楽になったのだから驚きだ。

やはりその土地に合ったものを身に着けるのは、大切だろう。

だが、札幌の場合、地下に入ると暖かいので、ダウンが暑くて仕方なくなるのが、難点だ。ダウンの中にセーターまで着こんでいたら、汗をかいてしまう。

慣れている札幌市民は、ダウンの中は厚着をせずにいるようだ。

北海道民は、冬、室内では半袖で、アイスを食べるという話を聞いたことがある。

冗談かと思っていたが、あながちネタでもない。

北国は、暖房設備が整っていて、室内をしっかりと暖める。

暖房の設定温度を下げると、たちまち冷気が入ってくるので、暖かいままの室温を維持しなければならない。

そうなると、『暑い』となり、真冬に半袖でアイスを食べるような事態になるのだ。

さすがに小雪は部屋で半袖になってはいないが、その気持ちは理解できた。

そんなことを考えながら、しばしその場に佇んで雪まつりの作業を眺めていると、ビルから桐島が出てきた。

「鈴宮さん、まだ帰ってなかったんだ？」

「あ、ついつい、見入ってました」

「最寄り駅は、円山だったか？」

はい、とうなずくと、桐島はいたずらっぽく笑う。

「それじゃあ、公園に入って、西十一丁目あたりまで歩くか」

ぜひ、と小雪は答え、桐島と共に横断歩道を渡り、大通公園へ入った。

雪山を眺めながら歩いていると、足をとられて転びそうになる。すぐに桐島が腕をつかんでくれて、体勢を整えた。

「すみません、社長」

危なかった、と胸を撫で下ろす。

「雪道は慣れないと危険だからな」

「本当ですね。まだ慣れません」

特に凍り付いている上に、薄っすら雪が積もった状態が危険だ。

最初の冬、真中に『北国用の冬靴を履かなきゃ、命取りだよ』と教えてもらい、すぐに購入したのだが、それでも、つるっ、と足を滑らせたら最後、気が付くと転倒しているということが多々ある。

「足の指の爪を立てるようにして歩くといい」

「そうなんですか？」

「俺は、子どもの頃、親にそう教わったな」

「社長は、札幌出身ですもんね。卒業してから、就職で上京されたとか……」

いや、と桐島は首を横に振る。

「大学卒業後、札幌市内の印刷会社で働いていたんだ。カメラマンみたいな役割もしていた」

へぇ、と小雪は相槌をうつ。

「割と早くに結婚が決まって、幸せの絶頂期だったよ。金もないし、結婚式は知り合いのレストランでやろう。新婚旅行は富良野と美瑛に行こうって。だけど、奥さんになる人は事故で亡くなってしまったんだ」

小雪は驚いて、桐島を見る。

「……自転車に乗っている時、急な雨が降ってきたんだ。それで慌てたんだろうな。信号無視して横断歩道に飛び出してきた人がいて……驚いた彼女は、咄嗟にそれを避けようとして、ガードレールに衝突したんだ。打ちどころが悪くてね……」

小雪は何も言えず、沈痛な面持ちを見せる。

「もう俺は、抜け殻みたいになった」

桐島は、息を吐き出すようにしてそう言った。

当時の彼の心の痛みが、十分に伝わってくる。

「彼女がいなくなって、俺も死にたかったけど、家には彼女が連れて帰ってきた猫がいるんだよ。そいつが、むーむー鳴いて、ご飯の催促をするし、トイレが汚れたって教えてくる」

「むーむー？」

思わず訊ねると、桐島は口許を緩ませた。

「うちの猫、ニャーじゃなくて、むーって感じの鳴き声だったんだ。だから、名前もムーに決めて……。俺はそんなムーの世話をしなきゃならない。『おまえさえいなけりゃ、俺も死ねるのに』って思いながら猫の世話をしてた。だけどムーも寿命で亡くなってしまって……」

桐島は足を止めて、何かを見つけたように目を留める。

小雪も彼が見ている方に目を向けると、そこにつくりかけの雪像があった。

『不思議の国のアリス』のチェシャ猫だ。

にっ、と笑っている丸い顔の猫を見て、彼は小さく笑う。

「ムーがいなくなって、はじめて俺はムーに生かされていたんだって、生かしてもらっていたんだって気付いたんだ。あいつは、俺のためにがんばって鳴いてくれてたんだって。いいかげん、しっかりしなきゃなんねぇなって思った」

でも、と桐島は肩をすくめる。

「同じ場所にいるのはしんどくて、札幌を離れようと思ったんだ。それは正解だった。真中も言ってたけど土地を替えるのは、生まれ変わるのに少し似てる」

小雪は黙ってうなずく。

「だけど、歳を重ねていくにつれて、自分が生まれ育った場所に戻りたいと思うようになったんだ。離れたことで、北海道の良さをあらためて感じられたし。やっぱ、北の大地は美しくて、大らかでいい」

そういう事情だったんだ、と小雪は目を伏せる。

「もしかして社長は、奥さんを今も忘れられなくて、独身なんですか？」

真中は、『社長こそまさに独身貴族。結婚が向いてない人なんだよ』と笑っていて、小雪もすっかりそうだと信じていた。

「いやいや、そういうわけでもない。最初は一生一人でいるって、頑なになっていたけど、そういうのもすっかりなくなっているし。今も独身なのはたまたまだよ」

へぇ、と小雪は相槌をうつ。

「そうして、気が付いたらこの齢だ。もうここまで来たら、あいつが迎えに来るのを楽しみにしてるんだ」

本当に楽しみにしているのが伝わってきて、小雪は不思議な気持ちになった。

自分も彼の年齢になった時、その日をこんな風に楽しみにできるだろうか？

「そういや、不思議なカフェを体験した仲間たちとの交流は続いているんだ？」

桐島に問われて、考え込んでいた小雪は我に返り、はい、と答える。

ＳＥＲＩＫＡとは、今も交流を続けている。

やりとりをしていくうちに、彼女が有名な脚本家だったのを知った。

一時は低迷していたそうだが、見事に復活を遂げ、今はいろいろなところで名前を見るようになった。ＳＥＲＩＫＡこと芹川瑞希（せりかわみずき）が脚本を担当したドラマを観るのが、日常の楽しみだ。

また、同じようにして知り合った大阪のＩＴ起業家は、『満月珈琲店』が縁を結んでくれて、初恋の人と結婚するという話だった。奇しくもテレビ局のプロデューサーも、自分に素直になれたことで、縁を結べたと言っていた。

こうして、仲間と繋がることができたのは、あのサイトのおかげだ。

「私たちは、二季草渉先生に感謝しているんですよ」

「ああ、二季草渉の映画の特設サイトのコーナーがスタートだったか」

「そうなんです。二季草先生も見事に復活してくれましたよね」

「そうだな。昔みたいに、意欲的に作品を書いているし」

生まれ育った香川に戻ったのが良かったようで、素晴らしい作品を次々に生み出している。その作品が、海外でも売れているというのだから、彼はさすがだ。

「鈴宮さんは、不思議なカフェで亡くなった父親に再会したんだろ？」

あらためて問われて、小雪は一瞬言葉に詰まった。

馬鹿馬鹿しいと思っているのかもしれない。

ぎこちなくうなずくと、そうか……、と桐島は答える。小雪は話を続けた。

「仲間たちと話していたんですよ。どういうルールなんだろうって……」

「ルール？」

「ルールというか、条件というか。仲間たちの多くは、犬や猫を救った経験があるんです。『猫の恩返し』なんて冗談っぽく言っていた人もいたんですけど、私はそんなことをした覚えがないんですよね。どういう、条件で出会えるのかなぁって」

そもそもルールなんてないかもですが、と私は苦笑する。

ふむ、と桐島は腕を組んだ。

「もしかしたら、『お願い』なんじゃないか?」

「お願い……?」

「犬や猫に限らず、自分が救った『誰か』がいたとする」

はい、と小雪は相槌をうつ。

「その『誰か』は、自分を助けてくれた大切な人が困っているのを知って、『助けてやってほしい』って祈るような気持ちでお願いしてくれているんじゃないかって」

小雪はごくりと喉を鳴らした。

「奇跡って、そういう時に起こるんじゃないかな」

「そうかも……しれませんね」

それは、まるで奇跡のルールだ。

桐島は、そう思えば、と続けた。

「自然体で誰かを救える人間でありたいし、困った時、苦しい時、誰かに、『助けてあげたい』とか『助けてあげてほしい』って思ってもらえる人間でありたいよな」

小雪は何も言わずに首を縦に振る。

うちのムーも彼女に頼まれていたんじゃないかって思ってるんだ、と桐島ははにかんで言う。

「『誰か』が、お願いを……」

私はそう洩らした後、うーん、と唸る。

「もしそうだとしても、やっぱり、私は当て嵌まりませんよ？」

そもそも、犬猫に限らず、『誰か』を救った覚えがなかった。

「いや、鈴宮さんの場合は、お父さんだろ」

「……えっ？」

「お父さんが、不思議なカフェにお願いをして、連れてきてくれたんだろうな」

その時、ふと、思い出した。

父は、猫を助けて亡くなったのだ。

あ……と、小雪は口に手を当てる。

「そうか、あの時、『満月珈琲店』が、私の前に現われてくれたのは、お父さんがお願いしてくれた、お父さんの想いだったんだ……」

父は迷走を続ける娘を案じて、マスターに頼んでくれたのだろう。

想いが伝わってくる。

ふいに涙が溢れて、小雪は俯いた。

桐島はポケットからハンカチを出して、小雪に差し出す。

「北国で泣いたら、大変な目に遭うから」

そう言って優しく微笑む桐島を見て、小雪は泣きながら頬を緩ませる。

「社長って、絶対モテましたよね。やっぱり、『たまたま』なんて言いながら、本当は奥さんをずっと想っているんですよね？　罪な男だったんですね」

どうでしょう、と桐島は肩をすくめる。

「それより、鈴宮さんの方が今、モテてるだろ」

「あっ、誤魔化してますね。私のどこがモテてるんですか」

小雪は、涙声のまま笑った。

「真中なんか、一生懸命、アピールしてるだろ」

「え」

思いもしないことに、小雪は目を剝いた。

「あー、ちっとも気付いてなかったんだ。罪な女ですね」

と、桐島は、小雪の言葉にかぶせて言う。

「もう、からかうのはやめてくださいよ」

小雪は頬が熱くなるのを感じ、マフラーに顔を埋めた。

その後、西十一丁目まで歩いて、小雪と桐島は足を止めた。

小雪はここから地下鉄に向かい、桐島はこの近くにあるマンションへ帰るのだ。

「お疲れ様でした」

と、小雪は、桐島に頭を下げて、地下鉄乗り場の方向に体を向ける。

今日もきっと、［リラの館］はまだ開いているだろう。

マダムが茶葉の用意をしつつ、帰りをのんびり待ってくれているだろう。

これまで、マダムのエピソードに圧倒されて、自分のこれまでの歩みが小さなもののように感じたことがあった。

そうではなく、一人一人、それぞれにメタモルフォーゼのドラマがある。

「さあ、帰ろう」

小雪は足の指に力を入れるようにして、雪道を歩いた。

惑星星座が示すこと		
太陽	☉	自分の表看板。社会に見せる顔
月	☽	自分の内面、心、素の自分

☉ 太陽の星座（あなたの表看板・社交的な自分）		
牡羊座	♈	リーダー役。勇敢に立ち向かう。正義感溢れる開拓者。
牡牛座	♉	美的センスの持ち主。一歩一歩、着実に前に進む努力家。
双子座	♊	好奇心旺盛。向学心溢れ、スマートで器用。
蟹　座	♋	人材育成能力者。感受性が高く、大きな包容力の持ち主。
獅子座	♌	ムードメーカー。ロマンチストでカリスマ性の持ち主。
乙女座	♍	優秀な執事･秘書役。堅実で気配り上手。人のサポートが得意。
天秤座	♎	華やかな社交家。客観的で、人付き合いの達人。
蠍　座	♏	洞察力に優れ、忍耐力を持つ努力家。勝ち取る力を持つ人。
射手座	♐	自由奔放で楽観的。常識に囚われず、思うままに生きる哲学者。
山羊座	♑	冷静かつスマートな常識人。実力で夢を叶える人。
水瓶座	♒	ユニークで独創性豊かなアイデアマン。平等で博愛主義。
魚　座	♓	優しく献身的、繊細で、夢見がちな芸術家。

☽ 月の星座（あなたの内面・プライベートな自分）		
牡羊座	♈	直感的で、考えるよりも先に行動。
牡牛座	♉	不安のない環境や生活で安定。
双子座	♊	好奇心旺盛でコミュニケーション能力が高い。
蟹　座	♋	感受性が高く、想像力、共感力が豊か。
獅子座	♌	自分を表現することで、安定できる。
乙女座	♍	ピュアで繊細、思慮深く、冷静。
天秤座	♎	他者への気遣いと、調和能力が高い。
蠍　座	♏	物事の本質を深掘りし、追求していく。
射手座	♐	自由で新しい世界と、刺激を求める。
山羊座	♑	成功に向けて、真面目に堅実に取り組む努力家。
水瓶座	♒	常識に囚われない個性。
魚　座	♓	共感力が高く、相手に同調しやすい。

メタモルフォーゼの調べ

二〇二三年三月二十四日。

深夜に冥王星が、水瓶座へ移動した。

その日の午後。大通公園『つどい』の野外ステージにて、『春を呼ぶ音楽祭』が開催される。

大通公園は子どもから大人まで、たくさんの人で賑わっている。

会場では、『musubi』が制作に携わったフリーペーパーが配布されていて、多くの人が手に取っていた。

「音響等々、ＯＫでした」

小雪は桐島と真中に向かい、イヤホン越しに報告をする。

『こっちも配信準備、ＯＫ。世界中に発信できるよ』

と、イヤホンの向こうで真中が続けると、桐島が『了解』と答えた。

広告代理店である『musubi』は、こうしたイベントの手伝いもしている。

午後一時から夜の八時まで三日間、アマチュアの吹奏楽団から、プロのオーケストラやミュージシャンまで、代わるがわる演奏をする予定だ。

小雪はステージの脇で笑顔溢れる人たちの姿を見ながら、清々しい気持ちで背筋を伸ばす。

三月末とはいえ、札幌はまだまだ肌寒い。

そのため、『春を呼ぶ音楽祭』だ。

小雪は、ふと思い、口を開く。

「あの、土壇場になってあれなんですけど、シャボン玉の時、色付きの照明を当てたいと思ったんですけど、大丈夫ですか？」

突然の小雪の申し出に、『えっ？』と真中と桐島が、戸惑ったような声を出す。

『色付きって、何色を……？』

「それはもちろん、春の色です」

小雪は、そう言って微笑んだ。

＊

夕方になった頃、星の遣い——ヴィーナス、マーキュリー、マーズ、ジュピター、サートゥルヌス、ウーラノスは、大通公園に集合した。

ステージから少し離れたところに出店し、演奏に耳を傾ける。

マスターとルナはトレーラーの中で、祝杯の準備中だという。

「夕方から、プロの演奏だって」

「楽しみね」

そんな話をしていると、マスターがトレーラーから出てきた。

隣にはルナと、長い髪を後ろで一つに結んだ、美形が微笑んでいる。

「サラ様!」

と、ヴィーナスは、真っ赤になって口に手を当てた。

「やぁ、みんな。わたしも手伝っていたよ」

マスターとサラは、ビールジョッキが載ったトレイを手にしていた。

「お待たせしました。『空色ビール』シリーズです」

「ソーダもあるわよ」

マスターとルナは、テーブルの上にビールジョッキを並べる。

ビールは三種類あった。

橙色が強い『夕焼』、茜(あかね)色から蒼色がグラデーションになっている『黄昏(たそがれ)』、濃紺、藍色、水色、オレンジと色が移り、そこに天の川を含む星々が鏤(ちりば)められている『星空』。

「札幌市は、ミュンヘンとも姉妹都市ということで、ドイツビールを意識して、用意しました」

そう言ったマスターに続いて、サラは手を広げて言う。

「旧時代へのお別れとリスペクトを込めて、『まずはビールで乾杯』だよ」

「まずは、ビールで乾杯、か。まさにだ」

と、マーズは笑って、『夕焼』を手に取り、

「でも、私は結構、好きよ」

ジュピターは、『黄昏』を選ぶ。

「サーたんは、まさにその象徴っすよね」

と、ウーラノスも『黄昏』を持ち、どうかな？　とサートゥルヌスは肩をすくめて、

『星空』を持つ。

ヴィーナスは『夕焼』、ルナとサラは『星空』、マーキュリーとマスターは『空色ソーダ』を手にし、

「冥王星の水瓶座入りを祝って、乾杯」

と皆は声を揃えた。

その時ちょうど、ステージから次の演奏が流れ始めた。

リヒャルト・シュトラウス作曲『メタモルフォーゼン～23の独奏弦楽器のための習作～』だ。

「この楽曲は、シュトラウスが八十一歳の時に作曲したのよね……」

ヴィーナスは独り言のようにつぶやく。

「メタモルフォーゼン」は変奏曲に関連するが、主題に束縛されず、展開がより自由に構成されている。時代は、第二次世界大戦末期。

ナチス・ドイツの崩壊直前に、完成された。戦争で失われた町。様変わりした農村の景色。暴力によって踏みにじられた文化や伝統。

そんな大切なものを失った悲しみと嘆き、崩壊していく、祖国への惜別の思いが込められているという。

それでも楽曲から伝わってくるものには、悲しみだけではなく、強さも感じられる。

ヴィーナスが目を瞑って聴き入っていると、マーキュリーがぽつりと訊ねた。

まさに、メタモルフォーゼだろう。

「……ヴィーは昔、北海道に住んでたって言ってたけど、それって、今の自分になる前だよね？」

ヴィーナスは、そっと目を開けて、ええ、とうなずく。

「大切な人って、誰だったの？」

そう問うた後、言いたくなかったらいいんだけど、と付け加える。

マーキュリーは、好奇心をも司る星の遣いだ。

会話が聞こえたのか、マーズが勢いよくこちらを向いた。

「……姉」

「アネって、姉妹の姉？」

「そう、お姉ちゃん」

ヴィーナスの返答を聞いて、マーズは「お姉さんか」とつぶやいて肩に入れていた力を、ふっと抜いた。

姉はね、とヴィーナスは話し始める。

「私にピアノを弾いてくれて歌を歌ってくれた。たくさん本を読んでくれて、物語の中に入る楽しさも教えてくれた」

そして、とヴィーナスは目を伏せる。

「姉はいつも私を護ってくれたの。裕福な家庭だったけど、一気に崩壊してしまって……自分たちの食べるものもままならない状態になった時も、姉は自分が食べるのを我慢してでも、私に食べさせてくれた。私は嬉しくて、そしてつらかった。なんにもできなかったの。当時、姉は高校生の女の子で、私はただの猫だったから……」

マーキュリーの喉がごくりと鳴った。

当時の私の名前は、ミーコといった。

——彼女の叔父が襲い掛かったあの夜。

牙を剝いて、爪を立てた私・ミーコに怒った叔父は、怒りに任せて私を冬の川へと放り投げた。

凍るような冷たい水の中で、私は祈った。

どうか、彼女を、姉を助けて——と。

その瞬間、自分の体が温かくなり、気が付くとマスターの腕の中にいた。

あの夜の奇跡は、目を瞑ると昨日のことのように思い出せる。

マスターと姉が話している間、グレーの猫の姿をしたハデスが、私に語り掛けてきたのだ。

——きみは、これからどうしますか?

聞くと、私の命はまだつながっているという。

このまま、姉と共に家へ戻ることもできるし、次の世界へと旅立つこともできると話してくれた。

顔を上げると、白馬と馬車が見える。

あれに乗って、次の世界へと向かうというのだ。

お迎えに馬車が出てきたのは、姉が読んでくれた童話の影響だろう。

姉と一緒にいたい気持ちはあったが、これ以上、負担にはなりたくなかった。

私の出した答えは、こうだった。

『マスターと一緒にここで働きたいです』

帰ることも、他の者たちのように、次の世界へ旅立つことも選ばなかったのだ。

姉や、姉のような人の心を軽くするお手伝いがしたいと思った。

ハデスは、私の願いを聞き入れ、星の遣いへの『変容』を認めた。

『ミーコ』は、美しいものを好み、音楽を楽しむ心を持っていた。

そんなミーコが、星の遣いになった時、ごく自然に『金星』のエネルギーを纏っていたのだ。

ヴィーナスがそこまで話すと、マーキュリーは神妙な面持ちで相槌をうつ。

「そうだったんだ……」

そうなのよ、とヴィーナスはうなずく。

「マーだって色々あって、星の遣いになったのよね？」

まあね、とマーキュリーは目を伏せる。

当時のことを思い出したのだろう。

マーキュリーは頭を振って、話題を変えた。

「いよいよ、冥王星も水瓶座入りってことで、これまでも大変なことが結構あったけど、これからまた大きなニュースが色々出てくるんだろうね」

それまで黙って話を聞いていたサートゥルヌスが、そうだな、とうなずく。

「長い年月、この世界は権力主義だったからな。その時代の膿が出てくるだろう。まさに嵐の中に入ったような気持ちになる人も増えるかもしれない」

その言葉に、ヴィーナスは、はぁ、と肩を落とした。

「本格的な新時代の幕開けに、そんな重い話ばかり……」

本当よ、とジュピターは鼻息を荒くして、腰に手を当てる。

「悪いことに目を向けると、それが強調されるものよ。新しい時代を喜ばないと」

「それは、たしかに。これからは意識したことの実現化が早くなるわけだし」

と、マーズが、うんうん、と首を縦に振る。

そうよね、とヴィーナスは、マーズの方に顔を向けた。

次の瞬間、驚いてのけ反った。

マーズの曲げた腕の上に、グレーの猫がちょこんと座るように乗っていたのだ。

「ハデス様!」

ヴィーナスの声に驚いて、皆も振り返る。

ハデスは、そっと会釈をする。

「久しぶりだね」

ハデスは、ひょい、とマーズの腕から下りると、白髪に白髭（ひげ）の英国紳士の姿に変わった。

姿が変わっても瞳の色は変わらず、シルバー――冥王星と同じ色だ。

「わぁ、ハデス様の人のお姿は、ダンディなおじさまなんですね」

「あら、何を言っているの、ヴィー。素敵な女性じゃない」

すかさず言うジュピターに、マーキュリーが、ええっ、と眉根を寄せる。

「小学生くらいの小生意気そうな男の子に見えるけど……」

皆の反応を受けて、ハデスは口角を上げる。

「わたしには、固定の姿がないんですよ。見る者によって姿が変わる。統一できるとしたら、この姿で……」

次の瞬間、再びグレーの猫の姿に戻り、テーブルの上にひょいと乗った。

猫の姿に、皆は少しホッとした。

「さすが、ハデス様」

「我々とは違うな……」

「ほんとだねぇ」

と、マーズ、サートゥルヌス、ウーラノスが話す中、

「ハデス様、本当にお久しぶりです。あの時、星の遣いにしてくださって、ありがとうございます」

ヴィーナスが、興奮気味にハデスの許に歩み寄る。

「こちらこそ、ありがとう。わたしは遥か遠くにいるため、どうしてもエネルギーの調整ができない。零か百かという影響を与えてしまう。ヴィーナスをはじめ、皆さんのサポート、感謝していますよ」

にこりと目を細めたハデスに、皆は誇らしいような気持ちで顔を見合わせる。

あの、とヴィーナスは、言いにくそうに口を開く。

「それじゃあ、冥王星の移動に伴い起こる様々なことは、ハデス様の本意ではないんでしょうか?」

そんなことを聞くんだ、と他の皆は、ハラハラした表情を見せる。

ハデスは、そっと首を傾げた。

「どちらともいえません」

ヴィーナスが顔をしかめると、たとえば、とハデスは視線を合わせた。

「きみに分かるように言うと、あるビルの解体が決まったとしましょう。そのビルは放っておくと崩れてしまう危険なビルでした。そのため、住人には解体とその理由のお知

らせをします。住んでいる人は、そのビルを気に入っているので、嫌がったり怒ったり。はたまた、どんなにお知らせをしても、気付かなかったり、見て見ぬ振りをする人もいる。でも、解体は決まったことなので、手を替え品を替え、お知らせをしてきました。そうしていざ、解体が決行された。その後に『解体されたことで住んでいた人が大変な目に遭ったんですよ！』という話を聞かされたら、きみはどう思いますか？」

ヴィーは、言葉に詰まって、下唇を噛む。

もちろん、とハデスは息をつく。

「申し訳ないし気の毒にも思います。でも、致し方ない、という気持ちです」

ヴィーナスは、何も言えなくなって、目を伏せる。

ハデスの言うことも分かる。

だが、苦しんでいる人たちの姿を見てきたヴィーナスにとっては、複雑だ。思わず俯くと、大丈夫です、とハデスは言う。

「さっきも言ったように、そのために、あなた方がいます。それにもっと彼らを信用してください」

信用？　とヴィーナスは、顔を上げた。

「今この時代の移り変わりに生まれてきている人たちは、皆選ばれて、そして選んできている人たちです。それに気付くことができたら自分の足で立ち、変化を厭わず、どんな嵐も越えていきます」

そうですね、とヴィーナスは微笑んだ。

これからまた、世の中は変わっていく。

『風の時代』の変化は早い。

人は、風に吹き飛ばされない『旗』である必要がある。

ステージの方から、新たな音楽が流れてきた。

先日、リハーサルをしていたヴィヴァルディの『春』だ。

本番の今日は、ステージから桜色のライトが放たれ、シャボン玉が飛んでくる。

そっかぁ、とヴィーナスは洩らす。

「このシャボン玉は、桜の花びらをイメージしていたんだ」

同時に、『シャボン玉のわらび餅』に願いを込めているというマスターの言葉を思い出す。

シャボン玉も、わらび餅も地の時代からあるものだ。

それでも、今もこんなふうに愛されている。

これから、どんなに世の中が変わっても、愛され、残るものもある。

クラシック音楽もそうだ。

いろいろあっても音楽を楽しめる世の中であることが喜ばしく、これからもそうあってほしい。

ヴィーナスが祈るような気持ちでいると、ハデスが、大丈夫ですよ、と囁く。

何も言わずにハデスの方を見ると、神秘的な瞳が弧を描いた。

「破壊は再生のためにあります。わたしの年齢域は、『死の瞬間から死後』と言われていますが、それでは言葉が足りていません」

えっ、と皆は、ハデスに注目した。

「わたしは、生まれ変わるまでを司っています。皆さん、ちゃんと自分が希望したかたちに生まれ変わっています」

そうでしょう？　とハデスは問いかける。

皆は顔を見合わせて、本当ですね、と微笑み合った。

蒼い空には、人の目には映らないだろう、輪郭だけの大きな丸い月が浮かんでいた。

時代と世代を反映させる冥王星星座	
♋ 蟹座世代 1913～1939年頃	安定した居場所を得ることに強いこだわりを持つ。
♌ 獅子座世代 1939～1958年頃	自分らしさを表現することに対して変容を起こす。
♍ 乙女座世代 1958～1971年頃	全体の利益のために努力する。
♎ 天秤座世代 1971～1984年頃	人との関係性を常に模索。
♏ 蠍座世代 1984～1996年頃	本物に対するこだわりが強い。
♐ 射手座世代 1996～2009年頃	「理想に向かって突き進む」という価値観を持っている。
♑ 山羊座世代 2009～2023年頃	実力主義、成果主義にこだわる。
♒ 水瓶座世代 2023～2044年頃	既存から新しい形へ。同じ思いの仲間と世界を創り上げる。
♓ 魚座世代 2044～2067年頃	精神世界、宗教、愛などに力が生まれる。

あとがき

いつもありがとうございます。望月麻衣です。

満月珈琲店の星詠みシリーズも、四作目。

前回の『ライオンズゲートの奇跡』(サブタイトル)では一作丸ごと海王星について取り上げたので、今度は冥王星について書こうというのは、最初から決めていました。

そのことを占星術の先生方に伝えると、「『満月珈琲店の星詠み』で冥王星について書くのは、難しくないですか?」と、先生方は、揃いも揃って同じ反応でした。

そう、冥王星は、破壊と再生を司る星。年齢域では、死の瞬間から、死後を暗示しています。冥王星がもたらす変容は、『決して元には戻れない』というもの。

かつて地球に隕石が落ちたように、大きな世界大戦があったように、恐ろしい疫病が蔓延してしまったように、その前の状態には戻れない変化を起こすのが、冥王星のエネルギーです。

『満月珈琲店の星詠み』は、桜田千尋先生の美しく幻想的なイラストにインスパイアされた、優しいテイストの物語です。

過酷な物語を書くならば、なんとか冥王星を表現できるかもしれません。が、このシリーズで冥王星を題材に書くとなると、シリーズの雰囲気そのものをそれこそ変容させてしまうかもしれない。

そう思い、またまたなかなか筆が進まずにいました。

そんな時、毎度私を奮い立たせてくれるのは、やっぱり桜田先生のイラストです。

『満月珈琲店』のイラスト集を眺めていた時、『シャボン玉のわらび餅』が目に留まりました。シャボン玉もわらび餅も、昭和の時代から続く、少しレトロなものです。

ですが、こうして工夫すると、なんと新しく感じることか……。

これからの世の中も、こうして古い物をリスペクトしつつ、変容していけたら……。

そんな気持ちが湧き上がったんです。

そして、冥王星がもたらす『変容』を私なりに書きたい、と強く思いました。

恐ろしく捉えがちな冥王星という星ですが、その変容は長い目で見て必要があってのこと。

人間の感覚では、なかなか理解するのは難しいそうです。ですが、その大きなエネルギーを知って、工夫したり、理解したり、時に諦観したりすることで、生きやすくなるのではないかと思いました。

今の私なりに冥王星を書き上げることができて、ホッとしています。

皆さんになんとなくでも、冥王星を知ってもらえたら嬉しいです。

今回の舞台は、私の故郷である北海道です。

いつか、北海道を舞台に書きたいと思っていたので、感無量です。

何より、桜田先生がとても美しい、丘陵風景を描いてくださって感動でした。

そして、私の大好きな『天の川鉄道』のイラストもお借りすることができ、感激でした。ありがとうございました。


今回、いつもと違って、占星術にまつわる表を入れています。

私は、『満月珈琲店の星詠み』の他に講談社文庫で『京都船岡山アストロロジー』という作品でも、占星術をモチーフに書いています。

その作品では章と章の間に表を載せていて、それが分かりやすいと好評だったので、ぜひこのシリーズでも、と今回チャレンジしてみました。

太陽の星座、月の星座は、これまでのおさらいであり、基本に戻る気持ちで掲載しました。また、冥王星の星座は、本当に世代の色が反映されていて、あらためて感心しています。


さてさて、このあとがきの後に、おまけの短編を掲載させていただいています。

以前、「オール讀物」さんの企画で「猫にまつわるアンソロジー」を書かせていただいたもので、『猫はわかっている』という文庫に共著として収録されています。

お話は、私自身が猫を飼ったばかりの頃に感じたものをそのまま込めたもの。『満月珈琲店』同様、猫に救われるお話なので、ぜひ、本作の読者さんにも読んでいただきたいと思った次第です。

楽しんでいただけたら嬉しいです。よろしくお願いいたします。


最後に、今回もこの場を借りて、お礼を伝えさせてください。

いつも素晴らしいイラストをご提供してくださる桜田千尋先生、ひみつ先生、今巻も監修を務めてくださった宮崎えり子先生、原稿がなかなか書けずに苦しんでいた私を支えてくださった担当編集者さんをはじめ、本作品に関わるすべての方とのご縁に、心より感謝申し上げます。

本当にありがとうございました。

どうか、すべての方の願いが叶いますように――。

望月麻衣

幸せなシモベ

*

小さい頃、母は私たち姉妹に童話を読み聞かせしながら、女の子は誰でもお姫様なのよ、と話してくれていた。幼い頃は無邪気に母の言葉を信じていたのだけど、いつしか自分は現実に目を向けるようになった。

物語に出てくるお姫様のような女の子は、愛らしく無邪気で天真爛漫。自分じゃない、と早くに分かってしまったのは、ごく身近に物語の主人公のような女の子がいたからだ。一つ年上の姉がそうだった。

姉は、愛らしく無邪気で天真爛漫で、物語の最後に王子様に選ばれる主人公のような女の子だった。

私は姉とはまったく違っている。表情に乏しいので無愛想に見られがち。それがいつしか板につき、可愛げのないぶっきらぼうになっていた。こんな私は、物語の中では、使用人A。漫画の世界ではモブキャラといったところだろう。

物語の主人公のようだった姉は、素敵な男性と出会い、めでたく結婚した。一方、モブキャラでしかない私は、城からの舞踏会の招待を待つことも王子様の迎えを夢見ることもない。

ただ、坦々と毎日を過ごしている。

そんな私、高階千佳の許に、奇妙な王子様がやってきたのは、三日前のことだ。

『チカちゃん、出産が終わるまで、うちの子を預かってほしいの』

結婚してからまったく交流がなくなった姉から突然そんな電話が来たのは、先週のこと。姉の言う『うちの子』とは、飼っている猫のことだ。

姉は結婚と同時に猫を飼い始め、我が子のように可愛がっている。

そうして二年、姉はめでたく懐妊した。そこまでは良かったのだが、妊娠と同時に猫アレルギーを発症してしまったという。

『産後、一か月健診が終わったら、迎えに行くから』

姉は鼻声で、そんな事情を話す。話を聞きながら私は、頭が痛くなって、ちょっと待って、と額に手を当てた。

「お姉は妊娠をキッカケに猫アレルギーになっちゃったんだよね？」

うん、と鼻が詰まったような声で姉は答える。

「それなのに、『出産が終わるまで』ってどういうこと？　産後に猫アレルギーが治る保証なんてないんだよね？」

産後一か月までというと、最低でも半年間は預からなくてはならない。

まさかそのまま猫を私に押し付けるつもりではないだろうな、という焦りから早口で捲し立ててしまう。

『ううん、まさか。子ども産んだら猫アレルギーは治すから』

「治すって、どうやって？」

『薬でもなんでも飲んで、ぜったいに治すから！』

最後にズズッと鼻をすすりながら姉は強い口調で言い切った。

姉の姿が想像つく。拳を握り締めて言っているのだろう。どんなことをしても、あの子は手放さないから、というのは、いかにも姉らしく物語の主人公っぽい。

「……まぁ、妊娠中に薬を飲むわけにはいかないものね」

そうなのよね、とまた鼻声になっていて、鼻をかんでいる。

「でも、どうして私？　猫なんて飼ったことないから、まったく分からないよ」

『両方の実家には犬がいるし、預かってくれそうな友達の家はペット可じゃないし』

「………………」

そう言われてしまえば、うちは適しているだろう。

たまたまだが、うちはペット可の1LDKマンションで、一人暮らしをしている。

ペット可を選んだのは、特に器量が良いわけでもなく、愛想も良くない自分だ。結婚には縁がないかもしれない。寂しくなったら、いつか犬を迎えて家族になってもらいたい、という気持ちがあったためだ。

『あの子は、うちの王子様だから……』

「……もしかして、『王子様』って名前なの？」

そう聞いたのにはわけがある。実家の犬の名前が『ヒメ』なのだ。

『ううん、名前はミャオ。男の子だから王子様なのよ』

私は思わず笑う。たしかその猫は車の下に入り込んで動けなくなっていた野良猫だったという話だ。野良が王子様に、大出世じゃないか。

「猫種はなんだっけ？」

『あれ、知らなかった？　ペルシャだよ』

「ペルシャ！」

私は驚いて大きく目を見開く。

ペルシャといえば、真っ白でふわふわの毛並み、美しい宝石のような瞳を持つセレブの家にいそうな猫ではないか。マフィアのボスの膝の上で寝そべっているイメージもある。

「そんなセレブみたいな猫が野良だったの？」

『私も驚いたわよ。けど、車の下から救出した時は、ドロドロで決してペルシャには見えなかったのよね。獣医さんに聞いたら、多分、飼い猫が家を出て、そのまま帰れなくなったんじゃないかって。長毛種って比較的動きもゆっくりで、おっとりしてるから、野良になったらほとんど生き残れないんですよ、とも言ってたんだよね』

その後、飼い主を探したけれど見付からず、そのまま引き取ることにした。今ではとても大切な家族だ、と姉は説明する。

『だから、信用できるチカちゃんに預かってもらいたいの』

熱っぽく言う姉に、私は息をつく。思えばこれまでの人生、姉にこんなふうに頼まれたことは一度もなかった。

「……分かった。とりあえず預かる。でも、その子との相性もあるだろうし、どうしても合わなかった場合はお互いに不幸だと思うから、猫が大好きな預かり手さんは探しておいて」

仕方なく私は首を縦に振る。そうして猫との生活が幕を開けることとなったのだ。

＊

猫を迎えるにあたり、私は猫の動画を再生して、予習をしていた。

動画のペルシャ猫は、とてつもなく愛くるしい。

白いふわふわの毛、器用な前足でオモチャをちょいちょいと突いて遊ぶ。

微かに首を傾げる姿は、まるでぬいぐるみのようだ。

こんな可愛い子が来るのか、と少し楽しみにもなってきていた。

だけど、と私は振り返って、姉の愛猫・ミャオを見る。

ミャオが来て、三日目。

彼は、私がお気に入りの一人掛けソファーに漬物石のようにどっかりと丸くなって座り、目を細めている。

「…………」

ペルシャは、雪のような白い毛だと勝手に思い込んでいたけれど、ミャオはキジトラ柄だった。よく見かけるこげ茶色の虎柄で短毛種の猫の毛をうんと伸ばした感じであり、セレブ感はあまりない。特別太っているわけではないようだけど、いかんせん毛がふわっと長いので、どうしても太めに見える。

こげ茶色の太い尻尾は、猫というよりタヌキにしか見えない。

目は基本的に据わっていて、何にも動じなさそうな風格だ。

姉が『王子様』と溺愛する猫だ。さぞかし見目麗しい猫だろうと予想していたのだが、この子を引き取った時、思ってしまった。

ちょっとブサイクかも？　と……。

実家の犬のヒメはポメラニアンで、ぬいぐるみのように可愛い容姿をしている。

ヒメも自分のことを可愛いと自覚していて、それを最大限に利用していた。

あの子こそ、まさにお姫様だろう。

この猫は王子様というより、ふてぶてしい王様といったところだろうか。

「……あの、ミャオさん、そこ、私が座りたいと思っていたんだけど」

そっと声を掛けると、ミャオは閉じていた目を薄っすら開けた。

休日の昼下がりに一人掛けソファーで本を読むのが、私の至福のひと時なのだ。この場所は返してもらいたい。

私と目を合わせるも、その表情からは何を思っているのか、まったく分からない。

だが、尻尾をパタパタと振っている。調べたところ猫は顔ではなく、尻尾で感情を表現するそうだ。

ピン、と尻尾が立っている時は、嬉しい、甘えたい。

ゆっくり揺らしている時は、リラックスしたり、考えごとをしている。

そして、尻尾をパタパタと振っている時は……。

「犬も尻尾を振っている時は、喜んでいる時だから、猫もそうなのかな？」

と、私はスマホで検索した。『イライラしている』『機嫌が悪い』『迷惑だと思っている時』という文字を見た。頬を引きつらせる。

「えっと、怒ってます？」

ミャオはジッとこちらを見ていたかと思うと、ふんっ、と鼻を鳴らして、前足に顎を載せて、目を閉じる。

どうやら、却下されたようだ。

仕方ない、と私はクッションを座布団にして、腰を下ろす。

ミャオは目を瞑(つむ)ったまま、尻尾は体に巻き付いている。

「……でもまあ、少しは慣れてくれたのかな？」

ミャオがここに来たのは、金曜日の夕方だった。

姉が帰るなり、ミャオはどこかに隠れてしまい、しばらく出てこなかった。いきなり知らない家に置いて行かれたのだから、やはりショックだったのだろう。

それでも、夕飯の用意をしていると、どこからか姿を現わした。

その時に驚いたのが、足音がしなかったこと。

皿にキャットフードを入れ終えて、ふと後ろを振り返ると、すぐそこに毛むくじゃらの存在がちょこんと座っている。思わず、ひゃっ、と声が出そうなほど驚いた。

ミャオを怖がらせてはならない、と必死で堪えたのだけど……。

真後ろまで来ているのに気付かないなんて、どういう体の仕組みなのだろう？

「王子様じゃなくて、忍者じゃん」

ミャオは、食べた後は満足そうに前足を舐めてから、目を瞑り、前足を体の下に入れて座っていた。

「ミャオ、期間限定だけど、これからよろしくね」

そう言ってもミャオは聞こえないかのように、体を舐めている。

「ちょっと反応しようよ……」

あまりの無愛想さに思わず笑ってしまったのだ。

これが、ミャオが来た日のこと。

一度、ご飯をもらってミャオも安心したのか、姿を隠さなくなった。

今はこうして、私のお気に入りのソファーで漬物石のようになって寝ている。

「もうひとつソファーを買おうかな……」

いや、この子は半年後にいなくなるのだから、その必要はないだろう。

そっとミャオの体を撫でてみる。まるでビロードのように艶やかな毛並みだった。

＊

『チカちゃん、ミャオの様子はどう?』

姉から電話がかかってきたのは、ミャオが来て二週間経ったころだ。

もっと早く電話をしたかったけれど、つわりがひどくて気力がなかったと姉は話す。

「うん、元気……というか、普通だよ。丁度今、夕飯食べてる」

私はそう言って、キッチンの方に目を向けた。

ミャオは私に背を向けていて、カリカリとフードを食べている。

後ろから見ると背中が真ん丸。後頭部も丸い。三角の耳がついている倒れた雪だるまを見ているようだ。

その丸い体が小刻みに揺れている姿が可笑しくて私の肩も小刻みに揺れた。

何笑っているの? と姉が不思議そうに訊ねる。

「いや、なんていうかね。これまで猫って珍しくない動物だと思っていたけど、一緒に暮らすと不思議な生き物だと思うようになった」

『不思議ってどこが?』

「どこがって……色々なんだけど」

欠伸(あくび)をした時に見せる鋭い牙(きば)に、出し入れ可能な鋭い爪には驚いた。よく、ライオンやトラなどの肉食獣が可愛い仕草をした際、『大きくした猫』のようだと表現しているけれど、そうじゃない。猫が『小さくした肉食獣』なのだ。

そんなふうに思わせる牙と爪を持ちながら肉球はとても柔らかく、とてもすべすべしている。まったく足音がしない秘密は、その肉球にあるのかもしれない。

犬はとても人間に近い。仕草も表情も行動も分かりやすく、人間の子どもに近い気がする。

しかし猫は、何もかもが違っている。

とりあえず、何を考えているのか分かりにくい。表情からは、感情を読み解くのが難しく、かろうじて尾の動きで推測する。

そして知識として分かっていたけれど、猫のジャンプ力には驚かされた。

気が付くと冷蔵庫の上にいるのだから、常識からかけ離れた動きだ。

あの体の仕組みはどうなっているんだろう、と真剣に思う。

何より瞳の美しさも尋常ではない。普段は目が据わっているミャオも窓の外を眺めるのは好きで、その時は目をくりっとさせている。横から見ると透き通った球体で、まるで水晶のように美しい。歩く姿もしなやかで美しく、高いところからこちらを見下ろす姿は、高尚さを感じさせる。

「なんていうか……奇跡の生き物だよね」

しみじみと言うと、姉はぷっと噴き出した。

『すっかり、メロメロじゃない』

「ううん、メロメロとかじゃなくて！　ただ観察していると不思議なのよ」

『分かる分かる。お猫様はマイペースなのがたまらないよね』

私の言っていることがイマイチ伝わっていないようで、姉は簡単にそうまとめ、

『とりあえず、上手くやってるようで良かった。あらためてよろしくね』

そう言って電話を切った。

「メロメロとか、別にそういうわけじゃなかったんだけど」

気が付くとミャオはご飯を食べ終わっていた。満足したのか、床に腹を出して転がっている。

腹部をあらわにする、その姿は初めて見た。

「ふわあああ。お腹出してる、お腹出してる！」

心を許してくれたんだ、という喜びから、思わず変な声が出た。

ひっくり返ったミャオは、腹部もふわふわの毛で覆われている。

「あの、触ってもいいですか？」

ミャオは目を細めて、こちらを見ている。

おそるおそる腹部に掌を当てる。危ういほどに柔らかく、ふわふわだ。

「あああああ、たまらない、この感触」

しばらく触っていると、もう嫌になったようで、前足で私の手をはたいて、歩き出し

た。

「触り過ぎちゃったね、ごめんね」

私の言葉など聞こえていないかのように、一人掛けソファーに仰向けになる。

目は据わっていて、顔はブスッとしていて、とてもじゃないが可愛さはない。

「もう、なんだその顔は」

そう言いながらも、写真を撮ってしまう。そうして気が付くと、私のフォルダは不機嫌そうな猫の写真でいっぱいになっていた。

*

「そういえば、猫くんは元気にしてる？」

職場の昼休み。

隣のデスクの女性の先輩が、サンドイッチを頬張りながら訊ねてくる。

「はい。元気ですよ。写真見ます？」

私はスマホの画像フォルダを先輩に見せた。

「やだ、猫くん一色じゃない。しかも、ぶすっとした顔ばかり」

「この子は基本的にこの顔なんですよ」と私は笑う。

ミャオと一緒に生活して、分かったことがある。

猫は気まぐれと言われるけれど、そうではなくて、常に自分の感覚をとても大切にしているのだ。キッチンの隅で一人でひっくり返って寝ていたかと思うと、急に寂しくなったのか、「みゃあああ」と怒りながらやって来る。

ご飯の用意をしている時だけは目をくりくりさせて、私の足に頭や尻尾をすりつけて、「みゃあ」と可愛い声を出す。

それは私の機嫌を取っているわけではなく、単にご飯が嬉しいのだ。

媚びることなく、計算するわけでも、取り繕うこともなく、ただ自分で在る。

そのことを先輩に伝えると、彼女はぷっと笑った。

「なんだか、高階さんみたいね」

彼女の言葉の意図が分からず、私ですか？　と首を傾げた。

「高階さんって、上司に媚びるわけじゃなく、愛想を振りまくわけでもなく、いつも自分は自分って感じじゃない」

ああ、と私は苦笑する。

「だから可愛がられないんですよね」

昔からそうだ。

「えっ、私はそういう高階さんだから好きだけど。嘘がないから信用できるし」

私は驚いて何も言えずに、彼女を見た。

「もちろん、一生懸命さをアピールしてくる後輩も可愛いけどね」

そうですよね、と私は相槌をうつ。

「けど、どちらが上ってことはない。高階さんだって、『こんなことできたよ。いっぱい褒めて』ってアピールしてくる実家のワンちゃんも、マイペースで媚びない猫くんも同じように可愛いでしょう?」

たしかにそうだ。

先輩の言葉に私は頷きながら、何かが自分の中で弾けた気がした。

「そうそう、もうすぐお姉さん出産なんでしょう?」

時が経つのはアッという間で、先輩の言う通り姉はもう臨月を迎えていた。

「寂しくなるねぇ」

そう続けた彼女に、私は自嘲気味に笑う。

「はい。でも、最初から分かっていたことですから……」

＊

やがて姉は無事、男児を出産した。

最初の約束通り、一か月健診の帰りに、うちに寄ることになっている。

ミヤオを迎えに来るのだ。

「ミヤオ、今日はお姉が来るよ。いよいよ、おうち帰るんだよ、良かったね」

そう言いながら、私の心は晴れない。一方のミヤオは素知らぬ顔のままだ。

「もう、相変わらずだなぁ」

そう言って小さな額を撫でると、ミヤオはごろごろと喉を鳴らした。

半年以上一緒にいたのだ。寂しくないわけがなかった。


「チカちゃん、本当にありがとうね」

部屋に訪れたのは、姉だけだった。

赤ん坊は車の中で寝てしまったので、夫と共に車中で休んでいるという。

真の飼い主がやってきたというのに、ミヤオはいつも通りだ。いつものように一人掛けソファーにどっかりと座って、気持ちよさそうに目を細めていた。

すっかり落ち着いちゃって、と姉は愉しそうに笑う。

私も笑みを返しながら、ハーブティーを姉の前に置き、小さく息をついた。

「お礼を言うのはこっちの方だよ。ミヤオと生活できて楽しかったし……」

そう言いながら、鼻の奥がツンとしてくる。

「ミャオのおかげで、気付けたことがたくさんあって」

「気付けたことって？」

「私は——昔から人見知りで無愛想で、お姉みたく可愛くすることができなくて、そんな自分に劣等感を持ってたんだよね。『こんな自分じゃダメだし、誰も愛してくれない』って思い込んでた」

そう話す私に、姉は何も言わずに相槌をうつ。

「でも、ミャオを見てると常に不機嫌そうな顔をしてるし、自分勝手でマイペース。まったく媚びたりしない。実家のヒメと正反対だけど、ヒメと同じくらい可愛いのよ。それでね、愛されるのに外見とか愛想とか関係ないんだって思えたんだよね」

いじけて愛想が悪いとなると、話は別だ。

猫の魅力は、自分が自分で在ること。それはきっと、猫だけのことではない。

自分を偽らずにいる存在は、どうであろうと、魅力がある。愛されもする。

それに気が付くことができた。

うん、と姉は優しく微笑む。

「でもさ、チカちゃんもミャオと同じだよ。内弁慶で口下手で、時々無愛想だけど、そんなチカちゃんの言うことは信用できるし、みんなちょっと不器用なチカちゃんが可愛くて仕方なかったんだよ」

そう言った姉を前に、私ははにかんだ。

「ありがとう。……それ、前に先輩にも同じことを言ってもらえたでしょう？　と姉は得意げに言う。

本当に泣きそうになって、私はそれを誤魔化すように立ち上がった。

「さ、さて、ミャオ。お姉と帰るんだよ。準備をしようか」

ミャオを抱き上げる。相変わらず背中が丸く、艶やかな毛並みだ。

そしてとても柔らかく、温かい体。

最近ようやく、私の側で寝てくれるようになった。一人掛けソファーに座っていると、膝に乗ってくれるようになったのだ。

この子を手放さなくてはならない。

そう思った瞬間、何かが決壊したかのように、私の目から涙が溢れ出た。

うっ、と嗚咽（おえつ）を洩らす私に、姉が戸惑った様子を見せている。

「ごめん、お姉。ミャオはお姉のうちの子だって分かってる。けど、もう少し預からせてもらっていい？　赤ちゃんから手が離れるまで、せめて授乳が終わるまででいい。授乳中は、アレルギーの薬、飲みたくないでしょう？」

「チカちゃん……」

とても寂しくてたまらない。この子がいなくなった後、ほかの猫を飼えばいい……なんて決して思えないのだ。ミャオがいいのだ。

それは、姉にとっても同じだというのは、よく分かっている。

すると姉は涙を浮かべながら、馬鹿ね、と笑う。

「先延ばしすると、もっともっと手放せなくなるよ」

私が何も言えずにいると、姉も立ち上がり、実はね、とミャオの額を撫でた。

「……産後のこの一か月、本当に大変だったの。自分のことも夫のこともできないくらいだった。そんななかミャオが帰ってきても、ミャオが可哀相だとは思っていたんだ。だから、チカちゃんにそう言ってもらえて良かったのかもしれない」

「お姉……」

姉は目に浮かんだ涙を拭い、私に向かって深々と頭を下げた。

「チカちゃん、どうかうちの王子様をよろしくお願いします」

「……ありがとう、お姉。大切にお預かりします」

と私はミャオを優しく抱き締める。

「素敵な出会いがあって良かったね、ミャオ」

ミャオは、私たちのやりとりには興味がないようで、わずらわしそうに腕から飛び降りて、窓際に向かう。

相変わらず、ミャオは健在。王子様だ。そして私は幸せなシモベになる。

ふと、ミャオの方を見る。
タヌキのように太い尾は、嬉しそうにまっすぐに立っていた。

参考文献など

ルネ・ヴァン・ダール研究所『いちばんやさしい西洋占星術入門』（ナツメ社）
ケヴィン・バーク　伊泉龍一訳『占星術完全ガイド　古典的技法から現代的解釈まで』（フォーテュナ）
ルル・ラブア『占星学　新装版』（実業之日本社）
鏡リュウジ『鏡リュウジの占星術の教科書Ⅰ　自分を知る編』（原書房）
鏡リュウジ『占いはなぜ当たるのですか』（説話社）
松村潔　エルブックスシリーズ『増補改訂　決定版　最新占星術入門』（学研プラス）
松村潔『完全マスター西洋占星術』（説話社）
松村潔『月星座占星術講座―月で知るあなたの心と体の未来と夢の成就法―』（技術評論社）
石井ゆかり『月で読む　あしたの星占い』（すみれ書房）
石井ゆかり『12星座』（WAVE出版）
Keiko『Keiko的 Lunalogy 自分の「引き寄せ力」を知りたいあなたへ』（マガジンハウス）

Ｋｅｉｋｏ『宇宙とつながる！　願う前に、願いがかなう本』（大和出版）
星読みテラス　好きを仕事に！今日から始める西洋占星術（https://sup.andyou.jp/hoshi/）

初出　幸せなシモベ
「オール讀物」（「猫の王子様と幸せな侍従」改題）二〇二一年五月号
『猫はわかっている』二〇二一年十月　文春文庫収録
本書は文庫オリジナルです

本書の無断複写は著作権法上での例外を除き禁じられています。
また、私的使用以外のいかなる電子的複製行為も一切認められておりません。

定価はカバーに表示してあります

満月珈琲店の星詠み（まんげつコーヒーてんのほしよみ）
～メタモルフォーゼの調べ（しらべ）～

2022年11月10日　第1刷

著　者　望月麻衣（もちづきまい）
画　桜田千尋（さくらだちひろ）
発行者　大沼貴之
発行所　株式会社　文藝春秋

東京都千代田区紀尾井町 3-23　〒102-8008
TEL　03・3265・1211㈹
文藝春秋ホームページ　http://www.bunshun.co.jp

落丁、乱丁本は、お手数ですが小社製作部宛お送り下さい。送料小社負担でお取替致します。

印刷・萩原印刷　製本・加藤製本
Printed in Japan
ISBN978-4-16-791954-2

『満月珈琲店の星詠み』シリーズ

望月麻衣・著
桜田千尋・画

満月珈琲店の星詠み

満月の夜にだけ現れる満月珈琲店では、猫のマスターと店員が、極上のスイーツやフードとドリンクで客をもてなす。スランプ中のシナリオ・ライター、不倫未遂のディレクター、恋するＩＴ起業家……マスターは訪問客の星の動きを「詠む」。悩める人々を星はどう導くか。

美しいイラストとのコラボで人気沸騰の

文春文庫

満月珈琲店の星詠み
～本当の願いごと～

満月珈琲店の三毛猫のマスターと星遣いの店員は極上のメニューと占星術で迷える人の心に寄りそう。結婚と仕事の間で揺れる聡美、父の死後、明るい良い子を演じてきた小雪、横暴な父のため家族がバラバラになった純子。彼女たちが自分の本当の願いに気が付いたとき ── 。

『満月珈琲店の星詠み』シリーズ　望月麻衣・著　桜田千尋・画

満月珈琲店の星詠み
～ライオンズゲートの奇跡～

八月の新月、三毛猫のマスターのもとに、美しい海王星の遣い・サラが訪れた。特別に満月珈琲店を手伝うという。人に夢を与えるサラが動いたことで、気後れして母に会えずにいた沙月、自分の気持ちを蔑ろにしてきた藤子、才能の限界を感じた作家の二季草、彼らの心の扉が開かれる。

望月麻衣『京洛の森のアリス』シリーズ

京洛の森のアリス

少女ありすが舞妓の修業のために訪れたのは知られざる「もう一つの京都」!? しゃべるカエルの“ハチス”と、うさぎの“ナツメ”と、町に隠された謎に迫るファンタジックミステリー。

京洛の森のアリスⅡ 自分探しの羅針盤

もう一つの「京都」の世界、京洛の森で暮らし始めた少女ありす。だが、ある日突然、両想いの王子、蓮が老人の姿に！同じく、この世界に迷い込み老いてしまった二人の女。ありすは皆を救えるか。

京洛の森のアリスⅢ 鏡の中に見えるもの

京洛の森で暮らす少女ありす。ナツメのカフェ経営の願いを叶えるため、ありすたちは共同生活を終える。蓮はありすと幼い頃に交わした結婚の約束を白紙に戻すことに。二人の関係はどうなるのか。

文春文庫　最新刊

猫を棄てる　父親について語るとき　村上春樹　絵・高妍
父の記憶・体験をたどり、自らのルーツを初めて綴る

十字架のカルテ　知念実希人
容疑者の心の闇に迫る精神鑑定医。自らにも十字架が…

満月珈琲店の星詠み
〜メタモルフォーゼの調べ〜　望月麻衣　画・桜田千尋
満月珈琲店の星遣いの猫たちの変容。冥王星に関わりが？

罪人の選択　貴志祐介
パンデミックであらわになる人間の愚かさを描く作品集

神と王　謀りの玉座　浅葉なつ
その国の命運は女神が握っている。神話ファンタジー第2弾

朝比奈凜之助捕物暦　千野隆司
南町奉行所同心・凜之助に与えられた殺しの探索とは？

空の声　堂場瞬一
当代一の人気アナウンサーが五輪中継のためヘルシンキに

江戸の夢びらき　松井今朝子
謎多き初代團十郎の生涯を元禄の狂乱とともに描き切る

葬式組曲　天祢涼
個性豊かな北条葬儀社は故人の〝謎〟を解明できるか

ボナペティ！　秘密の恋とブイヤベース　徳永圭
経営不振に陥ったビストロ！　オーナーの佳恵も倒れ…

虹の谷のアン　第七巻　L・M・モンゴメリ　松本侑子訳
アン41歳と子どもたち、戦争前の最後の平和な日々

長生きは老化のもと　土屋賢二
諦念を学べ！　コロナ禍でも変わらない悠々自粛の日々

カッティング・エッジ　上下　ジェフリー・ディーヴァー　池田真紀子訳
NYの宝石店で3人が惨殺――ライムシリーズ第14弾！

本当の貧困の話をしよう　未来を変える方程式　石井光太
想像を絶する貧困のリアルと支援の方策。著者初講義本